回望
一座古城

彭迎 — 著

作家出版社

目　录

故垒斜阳

　　"最好是在一个十月的晴朗的早晨登上德胜门马道。向西你可以看到不规则的蜿蜒的城墙，城墙上灌木丛生，小树葱茏。墙下道旁，椿树高耸，绿荫笼罩。南行数步，便是西海的延伸部分——积水潭，潭边垂柳梳风，摇曳多姿。纵目远眺，越过一片宽阔的原野，在辽阔天边处是隐隐闪亮的西山。""在这条路上，经常可以看到一队队骆驼经过，向安定门和德胜门的方向走去。这支驼队沿着柔软的沙地默默行进，几乎没有一点声音，只有从领头骆驼身上发出的叮叮当当的驼铃声。"

　　读着这两段文字，眼前似有一轴古旧的画卷慢慢展开：焦墨皴染的城墙，淡墨晕出的水波，逆锋枯笔斜出的老树，减笔勾勒渐行渐远的驼队，留白处是高天苍远，厚土辽阔。这轴画意在笔先，虚虚实实，有一种逸气。这是自古以来这方水土养成的中国文人的神韵，中国文人的意趣。但是，写下这段文字的却是一个瑞典人，他的名字叫奥斯伍尔德·喜仁龙。

　　15世纪末，随着新航路的发现，西方的商人和传教士们陆陆续续漂洋过海，来到了中国。瑞典地处北欧，得知东方有这样一个古老神秘的国度要稍晚一些。当大西洋的海风把这个消息送到他们耳朵里，国力富强的瑞典人按捺不住了，无所不在的东印度公司的商船从瑞典的港口城市哥德堡扬帆起锚，驶向太阳升起的地方。1731 年到 1806 年间，往返于哥德堡至广州的贸易航行有一百三十二次，三十七艘船轮番驶过大西洋，绕过好望角，横穿印度洋，抵达广州，运回了中国的丝绸、瓷器、茶叶、家具，更带回了数不清的新奇见闻。同时，到法国留学的瑞典人也从另一个渠道听说了在汪洋大海的另一边有一个农耕文明的理想国。到了 19 世纪初，瑞典的上帝的使者传教士们也出发了，他们的足迹近至两广，远至川陕、内蒙古。较为深入的了解使他们接触到了这个东方国度的文化内核，然后又把这些介绍回他们自己的祖国。当时闭关锁国的中国人无论如何想不到，在遥远的西北方有一群相貌语言习性迥异的人，以客厅里摆放着中国家具、品着微苦的中国茶、谈论中国话题为时尚，国王收藏着中国的青铜器、漆器，皇后生日的庆典上，王子身穿中国服装出现在宾客面前，王宫近旁甚至有仿得像模像样的中国园林，小桥流水，亭台楼阁，一派中国士大夫情趣。

渐渐的，这个国家的精英人士渴望看到更多的风景，他们不再甘心浅尝辄止，不再耽于猎奇的享受，而是背起行囊，跋山涉水，风尘仆仆地来到了中国，要一探究竟。

1895 年，探险家斯文·赫定来了。他三次远征新疆西藏的戈壁沙漠，几乎搭进性命，测定了罗布泊的位置，发现了楼兰古城。1910 年，语言学家高本汉来了。他从汉语特有的四声里听出了美妙的韵律，从此着迷，一发不可收，研究出了以唐代长安方言为基础的中古汉语语音系统。1914 年，考古学家约翰·古纳·安特生来了。他在河南组织发掘了仰韶文化遗址，在北京发掘了周口店猿人遗址，推进了中国史前文化的探索和发现。之后就到了 1920 年，瑞典美术史家奥斯伍尔德·喜仁龙来了，站在了苍苍莽莽屹立了数百年的北京城墙下。

这个异邦人沿着城墙久久徘徊，高大厚重的墙把他反衬得身影渺小，好像一个古老的巨人俯视着一个满脸惊讶的孩童。他穿过几米纵深的城门，似乎走进了时光幽邃的怀抱，一阵恍惚，城门那边的天上仿佛挂着明朝的太阳。他攀上高高的墩台，趴在雉堞上极目远眺，金碧辉煌的宫殿、绿色琉璃瓦覆盖的宅邸、古木掩映的灰色的矮房子尽收眼底。他走着，有时在早晨，有时在正午，有时在傍晚。有时晴，有时阴，有时风，有时雨。他仔细观察城墙的变化，他的表情也跟着变换，激赏，愉悦，惊叹，痛惜。他走着，停不下脚步，着了魔似的。

他看到了几十个窗孔整齐排列的箭楼，重檐凌空欲飞的城楼，月牙形的瓮城，城中的关帝庙；他看到了城墙上茂盛的酸枣树和这一带特有的大蓟，城外的羊群驼队，河里的鸭子；他看到了黄土道上骑着毛驴昏昏欲睡的旅人，沿着城根散步的遛鸟人，在护城河里光着屁股戏水的孩子。眼前的一切就是曾经让他心醉的中国画的真实版，现在，他可以触摸，可以听到，可以闻见这个画里的世界，他就置身其中，他所有的感觉器官都变得异常灵敏，生怕错过一片云的影子，一丝风的嘁喳，一朵槐花坠地的声响。几十里城墙，他看了个遍。

喜仁龙做出了一个决定，他不愿只当一个看客，一个远远眺望袖手旁观的欣赏者，他要为这一抱城墙做点什么。

1921年初夏，城墙下的浓荫里响起第一声蝉鸣，一队人走来。喜仁龙得到了北洋政府的许可，带着八个中国学生开工了。他们用测绳、厚布尺、木板尺、手持水平仪勘测，他将城墙分成若干段，比如，南城墙他分了一百一十五段，测量各部位尺寸、砖的大小薄厚，查看修建年代，砖文，碑记，墙的现状，墙内外建筑，地形地貌。他为城墙留下了测绘图、勘查记录，拍摄了百余幅照片。然后，他查阅了明清典籍《顺天府志》《日下旧闻考》以及《马可·波罗行记》，了解这座古城的兴衰史。他发现中文里"城市"和"城墙"这两个概念都用"城"来表示，他认为这是因为在中国北方不存在不带城墙的城市，没有城墙就不能算一个传统意义的城市。他想起来北京的这一路上所见到的寺庙、草房、马厩处处都有墙垣，而北京的城墙则是登峰造极的典范。这个崇尚自然素朴的北欧人对城墙情有独钟："纵观北京城内规模巨大的建筑，无一比得上内城城墙那样雄伟壮观"，他说，城墙粗看很单调，不如宫殿寺庙赏心悦目，但它分外古朴，绵延不绝，"幅员辽阔，沉稳雄劲，有一种高屋建瓴、睥睨四邻的气派"。他尤其喜欢城门，他说城门就像一个人的嘴，呼吸发声，从不停歇。他在城门旁细细观察：黎明，厚重的城门缓缓开启，吱吱嘎嘎一阵响，像一个刚刚被唤醒的巨人呻吟着。赶着马车的乡下人迫不及待地进了城。日上三竿，城门里人流涌动，车子、牲畜、行人络绎不绝，卖菜的挑着颤巍巍的担子，出殡的队伍打着白幡，娶亲的

明城墙下的百年老槐

车马披红挂绿。热闹过后，暮色降临。门前冷落车马稀，城门慢慢关上。人世间的希望、失望、生机、枯萎在城门洞狭窄的通道里纠缠在了一起，他在这里摸到了"全城的脉搏"。

不仅如此，"中国人设计任何一个建筑物——无论是一座房屋，一座寺庙，还是整个城市，绝不仅仅从美学和实用角度出发，他们总是有含义更为深刻的目的。"认识到这一点，让这个异邦人觉得既深奥又无奈。深奥的是北京城的规划竟以天上的星宿为依据，有各种复杂的象征意义，一座城门的位置、体量、命名都与礼制思想相关；无奈的是，这种玄虚"对于我们西方人似乎太含混、太暧昧了"，实在是搞不懂。

但这并不妨碍喜仁龙的兴致和决心，一切就绪，几个月来四处奔波的他终于安安静静地在桌边坐了下来。是时候了，他要把他看到的"砖砌的长幅画卷"变成文字。他拿起笔，在一张白纸上写下了第一句话："我所以撰写这本书，是鉴于北京城门的美。"

二十多年后，一个中国青年踱进伦敦的一家旧书店，从满坑满谷的书堆中瞥见了一本书，它静静地躺在那里，并不十分起眼。可能是有缘吧，中国人顺手拿起它，一看书名，怔了，再一翻，就看到了一张张熟悉的面孔：歇山顶，琉璃瓦，脊兽仙人，拱门，墩台，箭窗……捧着书的手微微颤了一下，眼睛里露出异样的光彩。看看书价，可不便宜，但他毫不犹豫地掏出兜里的钱买下了它。这一夜，中国青年的房间里灯光一直亮着，直到天色熹微。他读完最后一页，把书轻轻合上。封面上的书名是：《北京的城墙和城门》。作者，奥斯伍尔德·喜仁龙。

又过了三十多年，北京的城墙荡然无存，城楼侥幸留下三座。为了填补古城的空白，填补古城人缺损的记忆，当年那个通宵夜读的年轻读者、后来的历史地理学家侯仁之拿出了珍藏多年的书，托人译成中文，亲自为它作序，在城墙的故乡出版，给这一段耐人寻味的缘分画上了句号。

侯仁之能在重重叠叠的书架中与喜仁龙邂逅，看似偶然，细推敲却也是命定的因果。他在序中追忆道，1931年的一个傍晚，二十岁的侯仁之遵父命从山东来到北京求学。火车像一个赶路赶得精疲力尽的汉子喘息着停在了前门火车站。"当我在暮色苍茫中随着拥挤的人群走出车站时，巍峨的正阳门城楼和浑厚的城墙蓦然出现在我眼前。一瞬之间，我好像忽然感受到一种历史的真实，从这时起，一粒饱含生机的种子就埋在了我的心田之中。在相继而来的岁月里，尽管风雨飘摇，甚至狂飙陡起，摧屋拔木，但是这粒微小的种子却一直处于萌芽状态。""是它启发了我的历史兴趣，把我引进了一座富丽堂皇的科学探讨的殿堂。"侯仁之的感受极有代表性。那个年代，很多走出前门火车站的人第一眼看到正阳门，都有过心动的感觉。季羡林去国十年，学成归来，在1946年9月21日的日记中写道："九点五十分到北平。我在黑暗中看到北平的城墙，不知为什么，忽然流下泪来。"于侯仁之而言，这是一扇非同寻常的门，进了门，他的人生别有洞天。

侯仁之考上了燕京大学，周一到周六，他在校园里上课；周日，他一个人在圆明园这座废园里"上课"。这座盛产古迹的城市正是那粒微小的种子的沃土，润物细无声的好雨浸润着它。这期间，他在南城见到了金中都城墙的遗址。1946 年，他负笈远行，来到英国利物浦大学研习历史地理学这门新兴的学科。寒窗苦读之余，星罗棋布的小书店就是最好的休息场所。那是个喜爱阅读的民族，即使在二战期间，纳粹的飞机把这座城市炸得面目全非，英国人都会在喘息时来到一半是废墟一半仍立着书架的书店里淡定地捧一本书看。就在小书店里，他遇到了喜仁龙。

有什么能比身在异国他乡却见到了故国景物更让人心潮起伏的事呢！虽然它们只是文字、图片，虽然它们是在纸上。侯仁之想起了走出火车站的那个晚上，乡愁如水，时光倒流。

出现在燕京这块土地上的最早的城垣已经找不到一丝踪迹。北魏人郦道元云游到此，看到城西北有个土丘，当地人叫它"蓟丘"，不知是不是黄帝后代的封地蓟城城垣的残迹。郦道元很看重这个土丘，郑重地把它写进了书里。春秋战国时，雄霸北方的燕国吞并了蓟国，将其作为都城。之后，雄霸中国的秦国又攻破了这座城，燕国销声匿迹。想来在世八百年的燕国的城墙不会是一张脆纸，也曾抵挡过秦国的虎狼之师。

秦以后这片土地时常改名换姓，到了唐朝人们把这座城池叫作"幽州"。幽州很开放，城里有专门的胡市，有大量的胡商，集市上卖胡服，深目高鼻的伶人跳胡舞。但是这座城的人很喜欢筑围墙，他们把整座城围在墙里，还把城分割成二十六个坊，坊四面也筑上墙，有坊门，昼启夜闭。如果穿越时空鸟瞰幽州，那就是一个用一道道墙画出的棋盘。

公元 938 年，一个叫契丹的游牧民族来到了这里。不过他们不是唱着牧歌来寻找草场的，而是策马挥鞭弯弓搭箭，用武力征服了这座城市。反过来，这座规整繁华四通八达的城市又征服了契丹人的心，他们立幽州为辽国的陪都，称"南京"。自此，这座城开始从一个区域重镇逐步转为全国的政治中心。之后的朝代无不对这座城表示青睐与器重，他们摧残过它，也成就了它。

契丹人很实际，不拘礼数，没有汉人征服之后就疑神疑鬼非要扫荡前朝王气的意识。幽州城那么合他们的心意，稍作更动便拿来用了，连坊名都懒得改。南京城方方正正，每面城墙各设两座城门，城内各门前都有一条路，贯通东西南北，形成一个"井"字。城中建起皇城，契丹宗室倾慕汉文化，他们的皇宫按照中原文化坐北朝南，皇城南门为正门。有意思的是，契丹人在理智上接受了汉族人的方位观念，但他们的身体却想不通，平时习惯地只走东门。因为在草原上，他们古老的帐篷的门世代朝着朝阳升起的方向，清晨一开门就会看到万里霞光，所以这个民族以东为正，逐日而居。

幽州变身为南京后，直接与北宋对峙，成了军事前沿，指挥中枢，平时驻军数万，打起仗来数十万兵马集结，其城墙十分结实，高三丈，宽一丈五，也算威武了。但金人嗤之以鼻，12 世纪初，他们入主这座城市后，不像契丹人那么随遇而安，他们眼界很高，取法乎上，以汴京为榜样，迫不及待地开始了扩建。燕京一夜之间变成了大工地，建城需要大量黄土，土取自涿州，从燕京到涿州出现了一条蜿蜒长龙，人手一筐，往

元大都土城遗址

返传送。"役民夫八十万，兵夫四十万，作治数年，死者不可胜计"。累累白骨上的金中都的确比辽南京气派，更有都城的样子，只看城墙便可知。金人将城墙向外扩展，每面设城门三座，每个城门上都有城楼，每面中间的城门有三个门洞。如此张扬的城墙是为了向南宋、向世人、向天下宣告主人的不可一世，王者气概。

元代，弃旧城，在东北方，一座全新的城池诞生，城墙夯筑得更高更厚，新土绵软，夏天暴雨来袭，城墙时常坍塌，有人想出一个主意，给城墙披上"蓑衣"。一时间，文明门（今崇文门位置）外设立了苇场，征收芦苇百万担，编成苇衣，以护城墙。土城屡经风雨屡次夯筑，变得如同岩石一样坚硬。今天北京城北那一脉土岗成了男孩子们玩打仗的好去处，要知道七百年前它可是宽二十四米、高十六米的大都屏障。元大都的城门至今还能在我们的生活中看到它们的影子，地铁公交的站牌上写着健德门、光熙门、安贞门，虽然有名无门，却也是一个王朝微弱的回音。齐化门，明朝时改名为朝阳门，不过我小时候很多老北京人都固执地叫它齐化门，"化"字读轻声，吐字发音皆不清晰，三个字从他们嘴里说出来，像是字们自己出溜出去的，如同一筷子没兜住的打卤面。想来老北京人并不是对元朝有多少留恋，而是"朝阳门"说起来有点硌嘴，不如"齐化门"对他们的脾气。

大都建好后，有个叫马可·波罗的西洋人来到了城门下，向前张望，惊愕得张大了嘴，他看到"街道甚直，此端可见彼端，盖其布置，使此门可由街道远望彼门也"。"全城地面规划有如棋盘，其美善之极，未可言宣。"

明朝皇帝在筑城这件事上很有个性。中国历史上大凡重要的城市都是方方正正的，而朱元璋打下江山，立南京为都，把城墙筑成了个不规则的圈圈，不拘一格。朱棣迁都北平后，把大明门与正阳门之间的棋盘街改造成商业区，叫"朝前市"，连蒙古人都遵从的"前朝后市"的规制被朱家人打破了。北京城的营建在明朝一锤定音。前有历时二十一年修建的南京城做样板，明朝人建城已很有经验。正阳门朝阳门都是南京城门的名字，拿过来张冠李戴，借一脉风水。南京的明城砖是长江中下游的府州县烧制的，城砖上铭刻着制造时间、地点、提调官姓名、窑户姓名，最多的一块砖上有七十多个字，出了差错是要追根寻源治罪的。北京的城墙如法炮制，壁与壁之间夯土，砖与砖之间夹浆，明清两代维护修补没断过。喜仁龙测绘时看到了很多刻录着时间、监修官及窑户姓名、砖窑字号的砖文："通丰窑大城砖""工部监修桂""嘉靖二十八年窑户孙紫东造""正德六年作头李环造"……读着这些名字，似乎能闻到一丝烧砖时的柴草味，能看到一双沾满了黄泥的粗糙的大手，每一块城砖上都有这双手的指纹。

万丈城墙来自泥土，百尺城楼平地而起，偌大一座城池在这双手里出世，长大，这是双神手啊！看看这飞檐，出得多么远，斗拱层层叠叠，做得有多么巧，九座门各行其是，纹丝不乱，安排得多么有章法。这么大的事儿办成了，这么漂亮的活儿做出来了，四九城的人越瞅越高兴，越说越得意，他们为这座城骄傲，为祖先骄傲。不知不觉间，就把神灵鬼怪扯进来了，时而把凡人变成神仙，时而把伟人变成凡人，全凭兴致。

民间传说里都有一个"传说核"，有关北京城的传说中，鲁班和刘伯温往往就是那个"核"。

张三说，东直门城楼建好后，屋檐竟然不平，眼看要坏事，人群中跳出一壮汉，飞身跃上屋顶，只听一声巨响，愣把翘起的屋檐跺平了！一脚定乾坤后，壮汉无了踪影，原来是鲁班爷显灵了。之后他又化身一老者，来到前门楼子，那儿的工匠正发愁呢，原因是皇上嫌城楼造得不气派。老者天天端碗菜要盐，直到工匠们醒悟加上飞檐就可以令城楼显得更宏伟的道理。

李四说，刘伯温奉旨画出北京城的图纸，他和姚广孝背靠背走出七里地，瞌睡来了，梦中听见有人说：照着我画。睁眼一瞧竟是一头八臂的小红孩哪吒，这就是九门的来历。刘伯温是明初的政治家、谋略家，但在老百姓嘴里，就是个狡黠的老汉而已。北京城门每日开关，九门有八门打点报时（点也叫云牌，是个云朵形的铜板），唯独崇文门敲钟，这是因为修城时有九龙作怪，刘伯温降服了八条龙，还剩一条老龙兴风作浪，刘伯温用计将老龙锁在崇文门下，老龙问何时放它出来，刘伯温说，何时打点何时放你。转过脸就命人将打点改为敲钟。

在北京，这类缚龙王、镇海眼的传说很多，不知情的人以为不过是个乐子，其实这背后有着这座城不堪回首的过去。

北京既干旱缺水又洪涝成灾，所以故事里既有高亮在西直门追赶龙王夺水的壮举，又有刘伯温万世锁龙的计谋。每至春夏之交，皇帝和老百姓都要忙不迭地应对瞬息万变的气候。前一日还在跪伏祈雨，后一日便十万火急地抢险抗洪。乾隆说过，"直隶春旱，十年而九"。冬春无雪无雨，土地龟裂，河水干涸，大地一片焦黄。一入夏，骤雨狂暴，河水陡涨，堤坝决口，房倒屋塌。明万历年间，先旱后雨，内涝成灾，城墙倒塌二百余丈，紫禁城坍坏四十余丈。清代北京有特大水灾五次，光绪年间，永定河决口，洪水咆哮而来，内外城墙挺身拦洪，城门紧闭，阻挡水流。大雨过后，宣武门被厚厚的淤泥堵死，怎么也打不开，只好从象房牵出两头大象，才把城门拽开。

可见，这些北京人口口相传的故事貌似荒诞不经，实则有着真实的史实支撑和心理支撑。那些在茶馆酒铺谈天说地的汉子，在大槐树下给孙儿讲古的老爷子，哄孩子睡觉的老妈子一遍遍重复着这些登不上大雅之堂的故事，越说越真，越说越信，连他们自己都不知道他们是在传播这座城市的历史，是在给和他们一样的普通人树碑立传。无意中，他们又添进去一点点自己的想象和推测，一点点心愿和希冀，循环往复中共同缅怀过去，积累情感。渐渐的，这些故事就成了芸芸众生集体创作的名作，世代流传下去，给砖瓦土石打造的城增加了一些温度，一些心思，一抹灵动的色彩。

在喜仁龙的笔下，北京的城门热闹，平和，流淌着日日重复的光阴。但几百年中，当历史发生惊天逆转时，也往往选择在城门拉开帷幕，城门数度成为各种力量纠缠扭打的胶着点，成为各路豪杰枭雄魔头亮相的舞台。

德胜门，是京师通往塞北的门户，明清两朝军队出征走此门。永乐年间朱棣出征漠北、清康熙平叛噶尔丹、乾隆镇压大小和卓，军队都从此门出师。1449年，明英宗北征蒙古瓦剌部，被俘，史称"土木之变"。北京一下子被推到了战争前沿，朝中无主，百官计无所出，富户纷纷南逃，连继任的景帝都不愿出头。

　　大厦将倾之时，兵部尚书于谦站了出来，率众保卫北京。农历十月十一日，瓦剌军汹汹而来，主力列阵西直门外，将明英宗押到德胜门外。北京城各城门紧闭，于谦就在德胜门里督战，他下死令：将领不顾士兵退却，斩将领；士兵不顾将领退却，后队斩前队！十三日，德胜门烟尘先起，两军大战。于谦在城门外空屋里设好埋伏，又遣骑兵诱敌过来，神机营火炮火铳齐发，骄横的瓦剌军才知厉害，掉头转攻西直门。早有防备的明军万箭齐射，箭矢如雨，瓦剌兵三面被围，似潮水退去。十四日，一股敌寇逼近彰义门（今广安门），来到城下，见无明军，正得意，忽然间土石骤袭，原来是居民爬上屋顶，将无数石块奋力掷向敌军，喊声震天。明军如飓风卷来，瓦剌不敌，仓皇退却。

　　相持五日，屡战屡败的瓦剌在夜里拔营而逃，北京转危为安。

　　但这并没有改变于谦从功臣沦为罪囚，从民族英雄变为悲剧人物的结局，城门挡得住外来的祸水，挡不住内里的蛀虫，一个王朝的颓势非个把英雄可以扭转。朱棣在明朝最辉煌的时候堆起煤山，意在"压胜"前朝，无奈子孙不肖，偏偏在煤山的老槐树上断送了朱家龙脉。难怪于谦曾拍着胸脯悲叹："我这一腔热血洒在何地啊！"

明朝被吊死了，历史的脚步一刻不停。1644年的早春，当年的放羊娃、后来的大顺皇帝李自成毡笠缥衣，骑着高头大马从德胜门进入北京城。史书"哗啦"一声翻开新的一页，在这座城门写下了第一行字。

正阳门，在内外城城门中规制最高，其高度甚至高过天安门。民谣更能透露这座城门实际尺寸之外的伟岸。"前门楼子九丈九，四门三桥五牌楼。前门楼子九丈九，九条胡同九棵柳。前门楼子九丈九，王口花炮响上头……"用如此多的"九"来形容一座城门楼，可见它在人们心目中的地位。自顺治帝从盛京迁都北京，由正阳门入皇宫，定鼎大清，这座城门就是清朝皇帝的御道，《康熙南巡图》《乾隆南巡图》都留下了正阳门的雄姿。皇帝从这里去天坛祭天祈谷，与天地对话，从这里出发巡视神州，指点江山，正阳门成了名副其实的国门。

"前门楼子九丈九……"孩子们稚声稚气地唱着。这是上次唱歌的孩子吗？暮霭沉沉，成群的雨燕绕檐飞舞，舞得夜空凌乱。正阳门睁开昏花的眼睛看看，看不清了，太老了。站在这儿多少年了？若是个人，早就白发三千丈了吧！不过，呵呵，话说回来，大清的江山是千秋万代的寿数，京师的城墙就是铜墙铁壁，国门自然也没有老朽垮塌的理儿。古老的城门与同样昏昏欲睡的皇帝一起做着做不完的春秋大梦。普天之下莫非王土，率土之滨莫非王臣。天朝居天下之中，无所不有，四海宾服，万邦朝觐。来到这皇城下，管你是马嘎尔尼还是阿美士德①，不三跪九叩是进不了咱这门的。

1900 年 8 月 14 日凌晨，一声炮响，惊醒了正阳门的梦。

火光映天，大地震颤，北京城被八国联军包围了！美军攻下东便门，日军攻下朝阳门，俄军攻下东直门，英军攻下广渠门……此刻，太后与皇上弃城而去，仓皇中她只顾得上做了一件事：把忤逆的珍妃投进井里。他们冒雨从西直门逃出，发不及簪，素服旧裳，和往日仪仗浩荡威风八面的出行有天壤之别。

而这时，正阳门瓮城上激战正酣。八旗兵不知道天子已经丢下他们跑了，仍然手持笨重的火枪趴在雉堞上与敌人对垒。这种火枪要先往枪筒里灌硝和木炭做成的火药，再用钎子把铁球杵进去。枪林弹雨中顾不了许多，黑色的药面撒了一地。城下一颗烧夷弹飞上来，唰地燃着了火药面，城上顿成火海。八旗兵舒永寿像个火球似的翻滚着逃下来，身上的火虽然压灭了，但人已烧得不成样子。他站不起来，就爬，爬过长安街，爬过南长街，爬过西华门，他想爬回家。

他的家在护国寺后面的小杨家胡同里，他是正红旗。去年春节前他刚得了个小子，春来添喜，取名舒庆春。妻子四十一岁生下儿子，虽有一番惊险，总算母子平安。一家老小都指着他每月三两银子、春秋两季老米度日，他要回去，继续撑着这个门户。可是，他伤得太重，爬不动了。街上静得瘆人，见不到一个活物，洋鬼子马上就要进城了。他躲进南恒裕粮店，掌

① 马嘎尔尼、阿美士德均为英国使节。前者于 1792 年出使中国，清廷要求他向乾隆行三跪九叩大礼，遭到拒绝。后者于 1816 年率团访华，也被要求行跪叩大礼，不从，因而未能谒见嘉庆皇帝。

东南角楼里的挑梁檩布满八国联军留下的弹孔

柜的和伙计早就跑了。过了一会儿，又进来一个仓皇逃下来的八旗兵，一看是他表侄，表侄执意要背他回家，他不肯，知道自己不行了，哆嗦着掏出一双布袜子，一副裤脚带，让表侄交给老婆孩子。多年后，北京人老舍回忆，父亲的棺木是一个小盒子，里面放着这双布袜子和裤脚带，还有一张小纸片，上面写着他的生辰八字。

过了一年多，一个天寒地冻的日子，太后回朝了。按惯例要从正阳门入皇宫，她看到一座用木头和彩绸做成的牌楼风马牛不相及地矗立在被八国联军烧毁的正阳门箭楼上，这是顺天府尹特为迎接她找棚匠搭的。太后别过脸去。国门已破，天朝梦碎。

太阳底下没有新鲜事。1937 年 8 月 8 日，日本占领军举行"入城仪式"，五千余名士兵荷枪实弹从永定门一路耀武扬威，经正阳门进入北京城。古老的城门洞被"夸夸"的皮靴声震得生疼！当南京三十万中国人倒在血泊里时，侵略者又在这座城楼上用电灯扎了六个高一丈多的大字："庆祝南京陷落"。

北京的城砖是有固定尺寸的，俗话说"三砖一尺高，四砖五尺长"。但是喜仁龙在城墙上发现，道光年间的砖又小又轻薄。难道国力的盛衰也反射到了一块砖上？喜仁龙的回答是肯定的：时代在城墙上留下了印记，烙上了"历次毁灭性战争及和平建设时期；励精图治的政府和腐败堕落的政府；渎职的官吏和勤勉的官吏；贫穷的时代和昌盛的时代"，因而，它是一部"土石做成的史书"。

建筑是物化的历史，这部"史书"一问世，人们就会赋予它超出功能性之外的多重含义，让它象征某种形而上的东西，这就给建筑带来了莫测的命运。数万人像蝼蚁般营造一座建筑，数万人像乱蜂般捣毁一座建筑，在这数万人背后，是权力的彰显，是财富的炫耀，是信仰的博弈，是仇恨的烈火，是嫉妒的祸水……阿房宫、艮岳、圆明园都是生得无比灿烂，死得无比惨痛。世界上的一些建筑也有同样的经历，所罗门王的犹太圣殿被巴比伦人和罗马人两度夷为平地，君士坦丁堡的精美建筑被东征的十字军付之一炬，法国大革命时起义者摧毁了巴黎圣母院的国王廊，希特勒将华沙在地图上抹了个干干净净，片瓦不留。收回目光再看五朝古都北京，1123 年，宋金伐辽后议和，燕京回归大宋，金人撤兵前悉毁全城，"城市邱墟，狐狸六处"；蒙古灭金，焚尽金宫；明军克元，为剪除"王气"，朱元璋特命工部侍郎肖洵来北京拆除元朝宫殿。肖洵来到一看，大为惊叹，殿宇壮丽，保存完整，可惜啊。于是他写了《故宫遗录》，在纸上把元宫保存了下来。李自成攻入北京，在龙椅上坐了四十二天。在清军的喊杀声中，他败走齐化门之前，放火烧毁了京城的几座城门楼子，还不解心头郁闷，又将紫禁城点燃。仇恨的火把烈焰腾腾，他凝视着火光幽幽地说："皇居壮丽，焉肯弃掷他人，不如付之一炬，以作咸阳故事。"

野蛮、蒙昧、愚蠢、盲目一直伴随着人类的成长史，一路上血迹斑斑。能用一种平静、清醒、理性、深远的眼光来看待前朝的"土石做成的史书"，那是后来的事。后来的人具备了更宽广的胸怀，更开阔的视野，更清明的心智，跨越了政治历

未经修补的一段明城墙

史宗教民族的藩篱，登上了更高一层文明的台阶。这个过程漫长而艰难，在中国，尤其难。

1949年2月3日，正阳门城门洞开，中国人民解放军步入古老的北京城。建国初，政府对北京城墙的主流意见是保护修缮，1951年4月，政务院拨给北京市城楼修缮工程专款十五亿元旧币。孔子第七十三代后裔、当时的北京市建设局技术人员孔庆普是工程监理，参与了城楼、城墙、牌楼的普查，普查之后就紧锣密鼓地开始了修缮工程。

中国古代历来把建筑看作匠人之作，再堂皇再高超也是形而下的，一般都是工匠不留名，建筑不留档。孔庆普他们要按原样修复残破甚至颓圮的城楼，就要先找依据。他们去故宫查找，只看到历史记载，没有技术记载。拿出《营造法式》，又看不懂。他们想到了梁思成。梁思成听说要修复城楼，非常高兴，在清华大学图书馆里找出了喜仁龙的《北京的城墙和城门》的英文版，如获至宝，一笔一画描下了书中的图。

阜成门、东直门、德胜门一一修下来，修得很细，地砖用三合土做，外墙刷灰浆和月白浆，明柱刷桐油，门窗用红松，洋钉不许露钉帽，脱皮的彩画重绘，缺损的脊兽补上。城楼修缮工程影响很大，开工仪式上不但来了各路代表和新闻记者，还有很多自发前来的市民。开工后，古建专家刘敦桢、华南圭、华揽洪、林徽因、单士元、臧尔忠、梁思成派来的助教都进楼考察斗拱构造，梁柱交接方式，明柱披麻挂灰十一层油漆做法。在安定门城楼里进行"托梁换柱"作业时，专家们皆到现场观看。市民也拥来了，在城楼外面聚集，看不到，有人就给《北京日报》写信："这是百年不遇的事情，非常希望政府能组织群众去参观。"最后真的对市民开放了一天。消息越传越神，"托梁换柱"工程在人们嘴里几乎变成了神话，上海、西安等地的市民也写信来询问，一时间轰动全国。

短短一年，一座座残破的城楼活了过来，在新时代的朝阳下熠熠生辉。旧政权给这座城留下的衰败相正在被迅速地清理，堆积如山的垃圾、秽气熏天的水沟、杂草丛生的广场等痼疾割除了，让人们看到了"新"是什么样子，"新"是什么速度，体会到了"新"是什么感觉，向往更多的"新"体验，"新"生活。

1952年，决策者下达了新的指示："北京是首都，要把北京建设成一座新型城市，要清除影响建设的障碍物……城墙、城门、牌楼等都是障碍物。"那么什么是新型城市呢？执政者认为，北京要从消费城市变为生产城市，发展工业，壮大工人阶级队伍。站在天安门上往南望，到处都是烟囱，道路笔直，城墙城门牌楼等影响交通、影响节日游行队伍的建筑都要拆除。

关于这个定位，自然有各种不同意见出笼，争论很激烈。学术之争，理论之辩，观点相左，言论相悖，都是正常的。但是很快就有人习惯性地循着战争年代的思维模式将城墙"阶级化"，说"城墙是封建社会的统治者保卫他们的势力的遗迹""城墙的问题实际上是阶级感情的问题""北京拆牌楼、城门打洞也哭鼻子，这是政治问题"，能否改变立场，"也就是在必要的关头有没有和旧习惯旧传统彻底绝缘的勇气"。

突如其来的转向，出乎人们意料，又在情理之中，它符合一个百年来生活在"覆屋之下，漏舟之中，如笼中之鸟、牢中之囚，为奴隶，为牛马，为犬羊"的悲惨族群迫切告别过往的心理；符合一个曾经被围追堵截、欲置死地，而今彻底翻身做主的政党急于扭转乾坤的逻辑。开国大典本是欣喜若狂的时刻，但是领导人说自己是既愉快又不愉快，愉快的是终于赶走了蒋介石，建立了新中国；不愉快的是，中国太穷了，一穷二白！必须富强，必须尽快富强！必须改变，必须尽快改变！其他的想法都是多余的，奢侈的。漫长的封建社会画上了句号，几千年的阴影还不该一扫而光吗？所有与封建社会有关的都是脏水，都应该泼出去。天安门前的三座门（即长安左门和长安右门）阻挡了游行队伍直行，军旗要低头才能通过，"解放军同志特别生气"；这里出过交通事故，有人找来三轮车夫控诉三座门的血债；天安门广场新建筑的尺度必须要"打破封建格局""为什么人民时代的建筑不能超过帝王时代的宫门呢？"决策者也表达了自己的情绪："北京、开封的房子，我看了就不舒服。"刀光剑影，火星四射。

在这种情形下，北京的城墙还能留吗？

一年前负责城楼修缮工程的孔庆普戏剧性地转为负责拆除城楼的工程。从1952年9月拆西便门开始，到1958年，拆城墙十几公里，城楼十一座，箭楼十四座，牌楼二十四座。这位关键时刻的见证人回忆道："修缮城楼的时候，每完成一项工程，站在城楼上，格外高兴，无比的轻松愉快，那是一种极其美好的享受。此种享受别人是感受不到的。而拆除城楼的时候，又是另外一种感受，痛心啊！落泪啊！"拆阜成门城楼、安定门箭楼等等建筑时，专家们都来告别，有人向城楼鞠躬，有人拍着柱子大声说："城楼啊！箭楼啊！1951年为了你的健康给你动手术，换柱换梁，有多少人为你操劳。如今箭楼要走了，城楼的寿命看来长不了啦！"潸然泪下。

六十年过去，当年满头青丝的小伙子已是白发苍苍。回首那一段经历，孔庆普没有一天能够释怀，他详详细细地把修、拆全过程、所有的数据、所有的细节都写了出来，记下了北京城墙的生死日记。

城墙的噩运还没有结束。上世纪60年代初，中苏决裂，中央决定修建平时和战时结合的地铁，2号地铁线路与城墙重合，于是城楼、箭楼、瓮城、闸楼都完整的西直门和其他几座城楼被拆，拆的过程中意外发现了包裹在明城墙里的元代和义门，也一并拆除。"大跃进"时人民公社修路、工厂建炼钢炉，就曾捣墙取砖。珍宝岛事件后，全市挖防空洞，市政府批准拆城取砖，全民大规模拆墙。暴土狼烟中，这条苍苍巨龙消失了，只留下一鳞半爪。

70年代初，一个秋天的晚上，我和三个女生蹬着平板车去东便门城墙挖城砖为学校防空洞的修建添砖加瓦。白天班里的男生已经从那里拉回来一车大城砖，羡煞我们。蹬车的是个叫小秋的女孩，敦实泼辣。我们三个坐在车上，她唰唰地蹬得飞快。来到城墙下，抬头看了看，不高，早被人挖矮了。我们拎着镐爬上去，一块块撬，也不费劲，可能是被数不清的脚踩松了。撬下来的砖要搬下去，我弯腰，见这大砖好平整，忍不住伸手抚了一下，温温的。"怎么是热的？"嘀咕道。"白天太阳晒的。"小秋答着，吆喝一声，"搬！"我们抱着暖暖和和的大城砖走下城墙，码放在板车上。差不多了，三个人在后面推，小秋蹬起，我们手一撑屁股一扭，顺势坐上车。那时北京车少人少，到了晚上马路显得更空旷。秋风凉爽，我们嘻嘻哈哈大声说着叫着，四张嘴巴同时在动，笑声哗啦啦洒了一路。多么快乐的年纪！

直到有一天，我读到梁思成那句话"拆掉一座城楼就像挖去我一块肉，剥去了外城的城砖就像剥去我一层皮"，心头一震，立刻想起怀里那温热的城砖。

原来，它是有生命的，有血有肉，有知有觉，有一肚子心事。当初不识愁滋味的无知少年做的事让一个人如此痛彻心扉。

北京城墙的命运喜仁龙应当是知晓的，1954 年、1956 年他来过中国。所见所感，可想而知，不说也罢。1966 年 6 月，中国"狂飙陡起，摧屋拔木"的时刻来了，与这个国家有着一段特殊缘分的喜仁龙竟也在这年这月离开了人世，仿佛上天不忍让老人今生今世再听到他倾心的文明惨遭涂炭的消息。四十多年前，他记述了北京城墙的枝枝叶叶根根脉脉后，眷恋而忧虑地写下最后一句话："这些奇妙的城墙和城门，这些北京绚丽多彩的历史的无言记录者，它们的丰姿到底还能维持多久呢？"

初夏，我来到城墙下。走在残留的一千多米明城墙下，眼前总浮现出梁思成亲手描画的那张北京城墙公园设想图：城墙上栽着花木，安放座椅，墩台上建凉亭，游人在这个世界上最特殊的公园远眺西山……很美好，但永远只是一个设想。历史不给任何人说"如果"的机会。尘埃落定，设想被尘埃埋葬。我面前的这一千米城墙是时代的洪流不小心的一个遗漏，是疯狂的人们终于倦怠下来再懒得搭理的"垃圾"。后来它又成了棚户区可以依傍的一面现成的墙，因而得以苟且偷生。而当时多得不可数计的城砖则沦落在民间，委身于村路、厨房、茅厕、猪圈……也还是有懂得它们的人，80 年代，侯仁之访问美国匹兹堡大学，郑重地送上一份厚礼——两块从民间找回来的明嘉靖三十六年的城砖。2001 年，终于醒悟过来的北京人将四十万块旧城砖物归原主，还给城墙。修整后，这一带变身公园。

从东往西走，东北有一段断墙，紧邻火车站，横断面可以看到城砖包裹着的土芯，土里吐出几丛蒲公英，黄得耀眼，似是告诉人们几百年的土还没有死，还能孕育生命。往南拐个弯，就是巍峨的东南角楼。拾阶而上，进得城楼再攀木梯，上了二楼，接近屋顶，头一次清楚地看到这么多粗大的木头交织成的网：柱上托梁，以枋牵连，梁上架檩，檩上安椽，榫卯扣合，不离不弃，你牵我拽，共同担当，相当震撼。这种骨架结构法就是梁思成说的中国建筑的"文法"——"一个民族或文化体系的建筑如同语言一样，是有它自己的特殊的文法与语汇的"。往后走，绕过又宽又深的箭窗，看到一根挑梁檩，布满弹孔，这是八国联军中沙俄、美国军队留下的。下了角楼西行，一路葱茏，草地上喜鹊蹦蹦跳跳，像起落的音符。它们的背后是沉默的城墙。这一千多米，有的地方墙面齐整，是后来修补过的；有的地方呈苍黄色，老态龙钟，是岁月涂抹自然老

明城墙东南角楼

去的；还有一段墙面，凹凹凸凸，坑坑洼洼，满身疤痕，满目苍凉，是坎坎坷坷的身世，是血肉模糊的真相，是说不出道不尽的千言万语。城墙下，三三两两站着二十多棵百年以上的老树，半是枯枝，半是新叶。枯枝如铮铮瘦骨，倔犟地指向天空，好像在追问逝去的往事；新叶则顺从地垂向地面，享受着当下的雨露恩泽。老树下，胡琴声起，几位老人沉醉在皮黄里，唱的是千回百转的《锁麟囊》。

"一霎时把七情俱已昧尽，参透了酸辛处泪湿衣襟。我只道铁富贵一生铸定，又谁知人生数顷刻分明……"

故国有乔木

凉意渐浓，满城的树叶在秋阳下打着旋儿落下，一路缤纷。

闻说城西有一株古银杏，秋色尚好，便寻了去。

知是古树，心里大致勾勒了一下它的轮廓，待见到，还是吃了一惊。在北方，在京城，在马路中央，伫立着这样一棵树，简直不真实。它是树吗？它更像一座城堡，高十五米，树围近十米，树冠荫蔽了三百多平方米，需五六个人合抱才能将它围拢。这棵巨树其实是一个家族，最粗壮的显然是老祖，树干只有手腕粗细的是最年轻的一代，子孙环列，除了年幼者，其余几代的身体都已经长到了一起，成为一个整体。

银杏又叫公孙树，有人说这是因为它长得很慢，种下之后二十年才能结果，公公栽树，孙子享食。也有人说银杏的萌蘖性强，寿命又长，山野里祖树牵手子孙树的银杏也不鲜见。眼前这棵已不止三代，粗粗细细，高高矮矮，会聚一堂，看着它们，不由得想起很久以前几世同堂团团而居的人家。这座城市虽古老，但近百年来风雷激荡数回，人的家族意识早已土崩瓦解。倒是这银杏，风也好雷也罢，越长越兴旺，越长越抱团，从元代镇国寺里的一棵小树苗，长到明末，成了能为李自成拴马避雨的大树，再到今天，祖孙挽臂而立，镇国寺和李自成变成了传说，骨肉相连的银杏家族还站在大道上，在秋天明澈的阳光下，满树金黄，满地金黄，满天金黄。车子在它的两侧不断驶过，搅不乱它的气场，马路旁高楼壁立，也压不住它的气势。它令秋天更堂皇，也更沉静。

树本天然，一经人的手，往往变成了特殊的记号，银杏就是如此。日本有位研究金史的学者发现，有银杏就可能有寺庙。银杏常伴佛门，预示着佛荫庇佑。北京地处温带，菩提树不易生长，银杏便代替了它，择土不苟，一树擎天，春日初叶洁净，不染尘埃；秋日金扇生风，给人心送去清凉。

有古寺必有古树，这个公式演变到今天，不得不倒着推算。还有一种树，也是寺庙的记号，柏树。中山公园里万木葱茏，有七株柏与众不同，它们的年龄都已千年。10世纪时，它们就守在辽代兴国寺的山门前。寺没守住，墙倒屋塌，野草狐兔，废墟一片。七株柏不离不弃，变身为记忆的活化石，让人们透过它们的身影遥想当年古刹里袅袅的香烟。

着实荒凉了一阵子，后人又让它们改守社稷坛，这坛时而受人供奉，时而被人冷落。老树忠诚，不似人善变，当得起重任，一直守到今天。

它们旁边有不少年轻的柏树，树皮粗糙，树干笔直，像身材挺拔性情毛躁的后生。而这七棵古柏的树皮被岁月打磨得已经光滑，尽管满身是刀刻般的纹理，但摸上去舒服得很，一下，一下，摩挲着，心就静下来。

绕着圈细看一回，发现粗大的树干和树枝都是自下而上旋拧着长上去的，好像遭遇过狂暴的旋风，要把树狠命地拧断，连根拔起，终究是不成。这使得本来是纵向贯通的纹理变得弯弯曲曲，如一条河流从古树上流下来。贴上去听，听得见千年时光汩汩，涛声依旧。兀起的树瘤如河中的礁石，那是某一年某一日雷电发威、狂风施虐的印记，或者是樵夫挥斥斫下的伤口。然而树上的河流没有停下来，绕过一块块礁石奔淌而去。大道无形，静水流深。

如果银杏和柏树是佛门弟子，枣树就是俗世凡夫。

京城的枣树不计其数，大路两旁胡同深处，衙门府上郊野田间，贝勒宅第贫民杂院，随处可见，所以有枣树胡同、枣林大院、枣树前街这一族姓"枣"的地名。枣树不像银杏优雅有型，也不像柏树有夫子气，它就是一味的实在。枣木质地坚硬细密，常用来做擀面杖，或是做门槛，经得起千人踩万人踏，枣花可酿蜜，枣树叶被穷人当作茶叶泡，枣子就不用说了，一棵正值壮年的枣树一年可以结五六十斤果实，富人尝个新鲜，于穷人就可以换口粮了。枣树有不少救人于危难的传说，可见它有雪中送炭的古道热肠。

听说东城演乐胡同里藏着一棵老枣树，便又按图索骥寻去。进了院子，在满满当当的大屋子小棚子之间留着一根羊肠子，顺着它曲里拐弯摸了几个来回，树没找到，头晕了。正不知如何是好，走出一位大嫂，待我说明来意，指点迷津，终于在院子东边一扇柴扉后找到了它。

那样局促的一个角落，站着生铁般的庞然大物，浑身漆黑，树皮皲裂成碎块，树洞树瘤树疤疙疙瘩瘩坑坑洼洼，无一平缓处，摸一下手拉得慌。上分三杈，每一根树杈都有栽种了几十年的树干那般粗。六七百年的老树，壮硕依旧，而且不仅是壮硕，它有一种几百年来吸日月精华、历风刀霜剑，从宇宙的蛮荒处萃取的原始的强健，有一股子"我已体无完肤，任你把我怎样"的豁出去。它身上的伤疤像是一张张狞笑的脸，嘲弄着以往煎熬的阅历。像这样保住了野性的树在城里不多见，窝在这个大杂院的旮旯里，就更让人看了一愣。

在京城古老的胡同和民宅里转悠，常会冷不防撞上一两棵格外粗大的古树，让人有卧虎藏龙之感。老枣树所在的胡同也有一把子历史了，面朝岔路口的石敢当（立在宅院外辟邪的镇物），被踩成凹形的门槛，磨得看不出模样的门墩，都是流光的痕迹。明朝时，教坊司的艺人就在这条胡同里吹拉弹唱，演习排练，整日里管弦泠泠，笙箫悠扬。那时还年轻的枣树从早到晚、从春到秋沉浸在宫廷雅乐中，陶冶得快要成仙了。而今虽然风流云散，但拿眼一瞭就知道是条有根基的老胡同，因为有好几棵老树。尽管比不过老枣树，但也是有年头有来历的模样，看看地上的树干和树冠，就想得出地下的根有多深。

过去，北京人嘲笑根基浅、无背景的新贵常用四个字："树小墙新"，哪怕你雕栏玉砌，花团锦簇，庭院里若无老树，只摆几盆石榴树夹竹桃应景，会遭世家的讥诮。一座城也是如此，新起的城，尽可以由着性子辟地开路，盖厦建宇，"危楼高百尺，手可摘星辰"也不是什么难事，唯独树，不是一天即可粗壮，一月即可高大，一年即可蓊郁成林，怎么逞强也没奈何。

　　燕京有三千年建城史，三千年前此地景色不得详知，但有一个字透露了一丝信息："蓟"。三千年前这里有个小国，叫蓟国，国都就在广安门一带。蓟是一种草，以此为国名，可以想见这草当初长得是何等的醒目。宋朝时沈括在《梦溪笔谈》里记过一笔，"余使虏至古契丹界，大蓟芰如车盖，中国无此大者，其地名蓟，恐其因此也。"草深林密，离离萋萋，苍翠中先民建起了最初的城池。之后蓟国被燕国所灭，燕国以蓟城为都。战国时巧舌如簧的纵横家苏秦来到燕国，欲说服燕合纵抗秦。等了一年多才见到燕文侯。苏秦力陈燕国可以安享太平的原因，其中有一条，燕"南有碣石雁门之饶，北有枣栗之利民，虽不佃作而足于枣栗矣，此所谓天府者也"。原来这座北方城市也可以称作天府之国，全赖枣树栗树。这两种树是一年种、百年收的铁杆庄稼，所以司马迁认为有千树栗"与千户侯等"。

　　有食还要有衣，那时燕山下桑树如云，曹子建有诗："出自蓟北门，遥望湖地桑。枝枝自相植，叶叶自相当。"在农耕时代，这三种树与国泰民安息息相关，因此历朝都格外重视。唐代幽州（即北京）每户有可由家族继承的永业田，规定必须种桑枣，幽州的栗子甘甜饱满，作为土贡每年送往长安。辽代在这里专门设立了栗园司，西山、房山、仰山皆有很大的栗园。金朝力促燕京百姓大面积栽桑，将种植桑枣作为国家政策强令推行，不许贵族擅砍民间的桑树。元大都的果木又超过前代。明洪武年间，明太祖命工部行文：教天下百姓务要多种桑枣，每户初年二百株，次年四百株，三年六百株，栽后过数，造册

李自成拴马桩——万寿寺路的银杏树

回奏，违者全家发配云南金齿（今德宏一带）充军。

如此繁重的劳役，如此严厉的苛政，促使明初时顺天府各州县兴起了又一轮栽桑植栗的"大跃进"。至今长城脚下还能见到百亩明朝栗园，五百岁的老栗树一如既往的忠实，岁岁结果，造福苍生。

前人栽树，余荫绵绵。明人在京城造林，还遗下一道风景——风水林。风水林自古有之，村口、宅后、墓园常见大片林木，堪舆家认为如此便可"藏风，得水，乘生气"。坛庙周边的树也属于风水林。风水林的长势直接关系到这个族群的兴衰，事关大局，轻易动不得。

北京的坛庙多，林木自然多，像一个个绿岛过滤城市的空气。明嘉靖年建起的日坛曾经有万株苍松，森沉蔽日。社稷坛每年举行祭祀时要有专门的人手持长竿赶鸟，因为林木郁郁，招来的飞禽太多。永乐年间建起的天坛是皇帝代表国家祭天祈谷的圣地，这里有几棵柏树，是前朝的遗老，比天坛还早二百年，曾为金代的庙宇壮色。明朝时，在祈谷坛周围"树以松柏"，次第罗列，称"仪树"。嘉靖年继续在外坛成片地栽树，清乾隆年又补种了许多。道光十一年查，天坛林木有一万四千株，1917年再查，不到九千株。之后一路下滑，1948年12月，国民党军队为修临时机场，伐倒天坛上千株古木；"文革"时为堆积修地铁挖出的渣土，伐倒三百多棵古树。风水之说信不信无妨，但毁林伐树时"咚咚"的刀斧声真就成了亡国之音，有史为证。人人都道天坛壮丽，基辛格却说，天坛可以仿造，天坛旁的古柏林无法复制。这是明白人的话。

清朝时北京遭遇过两次寒冷期，郊外许多树冻死了，城里有重重叠叠的房屋抵挡狂风，有热腾腾的人气与寒潮较量，树们大都安然无恙。乾隆皇帝是个对自然之物很有感觉的人，他不仅喜欢在诗中吟咏草木，而且对树的实用价值也很重视。永定河堤需植树护防，他亲自规定了栽树时间、地点、树坑的尺寸、树苗规格、栽后管理、成活率检查，那份细致和专业令人折服。

清朝京师的通衢大道两旁都栽树，有一条道路尤其为清帝看重。西山一带水泉奔涌，林木茂盛，冈峦起伏，清皇室相中了这一方宝地，从康熙修畅春园始，王子皇孙纷纷在此造园林建别墅。一入夏，从城里往西来的大路上，净水泼街，黄土垫道，香车宝马，仪仗簇拥，川流不息。雍正二年，皇帝下旨："自西直门德胜门至畅春园，沿途皆种柳，岔道亦著栽种。"这一路栽下了九千株柳。后来发现由于养护不周，很多柳树没成活。于是朝廷又一次下旨，"一月内补栽，每五日浇水"。这回底下人不敢怠慢，很是上心，在皇帝的关照下，这条御道不再光秃秃的了。

到乾隆年，三山五园全部建成，林荫连成一片，从西山发源流向西直门的长河两岸，高柳拥堤，绿云映水，风景引来了游人，游人招来了商贾，河边竖起了酒旗，到长河数柳踏青成了京师的时尚生活。

晴天一声霹雳，1860年，英法联军举着火把闯入三山五园，圆明园、清漪园、静宜园顿成火海。北京人看到，西边的天空景色骇人，"仿佛大雾似的浓烟顺着风势吹去，很像一个很宽

演乐胡同 92 号的枣树王

大的黑色幔子，罩在全北京城上"，空气里弥漫着松木味，长河边御道上的柳树也所剩无几。

1886 年，慈禧太后又沿着这条路去颐和园，路边的荒芜让她很是不快，叫来醇亲王，命他着手整治，每隔两丈栽两株水杨，水杨间种一株山桃，另一段路植柳树和山桃。树不负人，很快这里又是桃红柳绿。

然而林花谢了春红，太匆匆，八国联军的皮靴卷起的尘土覆盖了一路春色，大道上的杨柳山桃又遭横祸。大清国江河日下，最终树倒猢狲散。

大凡有来历的树，它的一圈圈年轮里藏的都是故事。树是笔，青天是纸，笔尖蘸着千万年的雨露唰唰地写，不知谁人能懂。

北京西北边有一条白河，河两岸横七竖八躺着立着已凝成石头的树干，它们写的是一点三亿年前的涅槃转世。山野里鸟种兽播生长起来的树写的是春夏秋冬的自然轮回，城里的树写的是人世间的起伏变迁，皆是有味道的文章。这其中有一篇意味深长，写的是树与人的缘分。树是人类的摇篮，那时候的他们还是"它们"。它们在树上吃，树上睡，树上玩，在树上躲避猛兽的侵袭，在树上生育四条腿的后代。大约在三百六十万年前，它们可以直立行走了，于是下到地面，渐渐变成了两条腿的"他们"。但是他们并没有和树告别，相反，在另一个层次上更加密切。在他们学会把一片石头磨成石斧之前，必然经历过一个木器时代，折一根粗实的树枝，掰掉小杈，就是木棍，举起木棍打落野果，挥舞木棍驱赶野兽，用木棍将猎物抬回家中，后来又用木棍点穴播种，扎起围栏，圈养吃不完的动物。

特别是当他们学会了使用火，就更离不开树。北京西南方有座龙骨山，山洞里有厚达六米的灰烬。五十万年前，住在这里的"北京人"白天采集狩猎，周旋于龙骨山的密林中；夜晚，躲进山洞，捧出珍贵的火种，将树枝杂草点燃。火光驱散了山洞里的寒气，阻挡了野兽的脚步，猎物的肉在火上嗞嗞地滴着油，饥饿的男人狼吞虎咽，女人在给孩子喂奶。绵绵瓜瓞，民之初生。一个温暖的夜晚，一个文明初现的夜晚。

劳动使人的双手越来越灵巧，木头俯拾皆是，利用起来要比石头容易得多。在漫长的生存磨砺中，人与树的关系出现了一个质的飞跃：钻木取火，构木为巢，架木为桥，刳木为舟，剡木为楫，挖木为碗，刻木结绳……这个阶段，树的意义还不仅在于它是人类生存的得力工具，更重要的是，树变成了一把钥匙，蒙昧的幽暗中，第一次，只听咔哒一声，打开了智慧之门，一束文明之光沐浴着手拿"钥匙"的人。接着就有了第二次，第三次。智慧之树在人类的大脑里抽条，萌芽，欣欣向荣，人类已今非昔比。

有些聪明人说话了，比如管子、孟子。"草木植成，国之富也。""一年之计，莫如树谷，十年之计，莫如树木。""斧斤以时入山林，林木不可胜用也。""五亩之宅，树墙下以桑，匹妇蚕之，则老者足以衣帛矣。"从此树的繁衍又多了一条途径：人工栽种。树从森林里走了出来，从高山上走了下来，走向乡村、城市、民宅、王宫，在这个陌生的人的世界里安家。它们随遇而安，以异乡为故乡，很快便扎下根来，郁郁成荫，屹屹成材。人养树，树养人，互为因果。

如果人对树的认识一直停留在物质层面，那与衔石子的乌鸦、用树枝掏白蚁的猴子也没有本质的区别。人的确是个独特的物种。在危机四伏的生存过程中他们发现，树有着极强大的生命力，春天能转枯为荣，秋天能结出累累硕果。反观自身，人是那么脆弱，一辈一辈死去了，一拨一拨死去了，死是那么容易。可树还好好地活着，好像要站到地老天荒。

再看树的长相，《山海经》《十洲记》里描述一棵树，其根部如牛，这不是臆造，看看藏东南的古柏林就知道了。最大的巨柏树干直径近六米，需十几个人才能合抱。关键不在数字，而在于你的感觉，站在这棵树下，完全不知道自己是谁了。

不知何年何月，树变了，变得神明附体，光环灼灼，由认识对象变成了崇拜对象，随着人类的脚步迈入到以采集、耕种为主的阶段，崇拜之情越发强烈，他们在树下宰牲滴血，插羽狂歌，为生者的降临，为逝者的魂灵，为收获更多的食物，为即将开战的部落，为了一切，人都会匍匐在树下，树就是人类最早的庙宇。据文化人类学学者研究，英文 temple（庙宇）原意就是树木。保佑一方的神灵——"社树"出现了。

夏朝的社树是松，殷朝是柏，周朝是栗。社树是祖先的象征，两方交战，砍倒社树，是对对方极大的践踏和侮辱；社树是生命的象征，相传圣人孔子、古帝颛顼、贤相伊尹都生于桑

藏在大杂院角落里的老树

树的树洞里，大禹和涂山女子在桑林幽会生下了启。树木的更新和再生能力使人类很信服地把族群繁衍的期望郑重地交付给它们。这个时期人与树的交会点都是至关紧要的家国大事。

人一朝将神性赋予树，想象力如暮色中的蝙蝠，漫天翻飞舞出神秘灵动的思路，对树的灵异之事的开发几千年乐此不疲，古代志怪笔记小说《十洲记》《述异记》里描绘了各种稀奇古怪的树，汉墓随葬品中有安魂佑生的青铜树，西藏的岩画上画着嵌有神秘符号的树。

年少时看《西游记》第六十四回"荆棘岭悟能努力，木仙庵三藏谈诗"，很是不解：松树、柏树、桧树千年修行成精，变身为风采清奇的老叟，与唐僧联诗会友，谈禅论道，十分的风雅。虽说后来因杏仙看上白面和尚，松柏桧有"拉郎配"的鲁莽行为，但吴承恩这小老儿也不至于让猴子把他们一棒打杀呀，还弄得血淋淋的。再说树长得好模好样的，怎么会和妖精扯上呢？怎么想的。

后来树见得多了，明白了，熬了几百年的树，特别是荒野里的老树，其硕大、伟岸、嶙峋、虬屈、怪异、诡谲登峰造极，样貌气质不似人间之物，盯着它的时间越久，越觉得它不是树，非仙即巫，亦魔亦道。我在西藏工布江达曾经穿过一片灌木林，这林子不知盘踞在那里多少年了，它们制造出的那种森然诡异的气氛让人想到了天地玄黄，宇宙洪荒，就好像这条林中小路是通向女巫的木屋，逼得人连大气都不敢喘，蹑手蹑脚的。这还只是灌木。

所以，人总喜欢把些灵异之事附会于树，的确有几分道理。京城的什刹海曾有座净海寺，寺里有棵空心老槐，"其势蜿蜒，宛如龙蟠"，因而遭人忌惮，恐它作祟，系上了铁链。景山上崇祯吊死的歪脖槐树因人获罪，被称为"罪槐"，顺治帝进了北京就给它套上了锁链，1966 年可怜的老树又被剥皮。京西的七王坟是醇亲王的陵墓，醇亲王死后七年，与他的儿子光绪不共戴天的慈禧听说墓地有棵七百年的银杏，长势异常旺盛，唯恐占去风水，命人砍倒，光绪得知"号啕大哭，捶胸拭泪"。明朝奸臣严嵩到国子监祭孔，走到一棵柏树下被树枝剐掉了乌纱帽，世人称之为"辨奸柏"，对它崇敬有加。乾隆六下江南，行舟水上，恍惚间一团绿荫总跟着他，为他遮荫，原来是北海团城的松树前往侍驾。他不在京师，松树长势弱，仿佛精气已随他而去；他一回来，松树就会好转。乾隆念它忠实，封它为"遮荫侯"。

说起来有意思，同样面对一棵树，帝王与庶民的心态截然不同，周朝时宫廷里将三棵大槐树比作辅佐天子、支撑朝政的三位高官：司马，司徒，司空；秦始皇东巡路上封一株为他遮雨的松树为"五大夫"；汉武帝游嵩山，将三株柏封为大、二、三将军；忽必烈在建元大都时封丽正门（相当于正阳门的位置）外一棵定位宫城的树为"独树将军"；朱元璋将一棵曾经为他解饥渴的柿子树封为"凌霜侯"；乾隆给树的封号最多，京城内外有大树王、帝王树、白袍将军、探海侯。

再看草民百姓对树的称呼：密云有"娘娘榆"，怀柔有"菜树奶奶"，雁栖湖畔有一棵空心老槐，驼背弯腰，披头散发，树龄逾千年，村民常带着孩子来给它鞠躬，都叫它"干妈"。

帝王将青睐的树看作追随其左右、为他立下了汗马功劳的忠心耿耿的附属，可以得到丹陛上传来的褒奖和赏赐；庶民没有爵位和官衔给它，只有一腔恭敬之心和先民遗传下来的原始情结。在他们眼里，树是母性的，有养育之恩；同时又是亲近的，似朝夕相处、在一个锅里吃饭的家人。

帝王见树，多半是居高临下的欣赏；庶民见树，有敬，有爱。帝王看重的是它的"忠"，庶民看重的是它的"仁"。帝王已无踪影，草民百姓与树之间世世代代的缘分一直延续下来，至今，京郊不少老树前摆着供台，香炉，乡民逢节揖拜。紧邻偌大一座都市，相距不过几十公里，那边正乘着数字化的高速列车狂奔，互联网遍及每一个角落；这边的老树下，仍然依稀可见远古的图腾之礼，现代化代替不了潜伏在民间深处的古老的情感。

密云有株粗大的古柏，原来也曾伴着一座龙王庙。春节时，村民特意给它贴上了大红的对联："江山千古秀，圣树万载春"。在这个科技发展、神明落寞的时代，有些人固执地守着祖先对待一棵树的方式，把永远不变代代重复的心愿托付于树，祈望它千年万载地活着，千年万载地呵护着一方百姓。

作为人的衣食父母，树是仁义的，有大善；作为护佑一方主宰兴衰的神祇，树得大道，有大真；树无疑是美的，承天地宠爱，春夏秋冬姿态蹁跹，把树当作审美对象是再自然不过的事。古人与草木相处得亲密，熟悉它们的表情，随时随地会受到感发，见物起兴，"情动于中，而形于言"，一草一木又孕育

中山公园内千年辽柏

出了诗歌。

今天的我们穿过《诗经》的树林，可以捡拾起很多遗落在树下的心思，新鲜，丰盈，一如当初，花儿还是那么美丽，果实还是那么饱满，叶子还是那么柔嫩。"东门之杨，其叶牂牂。昏以为期，明星煌煌。"东门的杨树，茂密的叶子哗哗作响，人约黄昏，明亮的长庚星已经升起来了。"桃之夭夭，灼灼其华。之子于归，宜其室家。"一树桃花，十里红妆，出嫁的日子到了，夫家才是一个女子命定的归宿啊。"蔽芾甘棠，勿翦勿败，召伯所憩。"浓绿的杜梨树，千万要善待它，那可是召公当年休憩的地方。"陟彼景山，松柏丸丸。是断是迁，方斫是虔。"都城的景山上长着挺拔的松柏，它们是廊庙之材，砍削一番建起寝庙，祖先的灵魂就可以安享祭祀了。"山有漆，隰有栗，子有酒食，何不日鼓瑟？"山上有高大的漆树，洼地里长着粗大的栗树，你过着富足的日子，为何不奏响乐曲及时行乐呢？"昔我往矣，杨柳依依。今我来思，雨雪霏霏。行道迟迟，载渴载饥。"从战场归来的征夫满心忧伤地跋涉在雪中，泥泞的道路又远又长，不由得忆起出征时的春风杨柳，拂面柔情……

两千年前的村姑、樵夫、农人、将士、书生站在树下，诗兴摇曳，出口成章，歌以咏志；两千年后的我们站在先人用诗句编织的绿荫里，遥想那高高的树，青青的草，唱歌的人，古老的欢乐与悲哀……何其美好！

故国的乔木根深叶茂，荫蔽千载。

自《诗经》之后，多少人在竹简、木牍、绢帛、纸上书写出树的样子、声音、气味、禀性，再把各式各样的心情托付于树，不外乎春喜柔条，秋悲落叶。

有一首诗，有些特别。明朝迁都北京时，在南方砍伐了很多参天大树，这些树都长在人迹罕至之地，翻山涉水，风岚烟瘴，伐木者入山一千，出山五百，代价可以想见。这些大树从运河运抵通州张家湾。宫城建好后，留下一根作为镇城之物，在崇文门外盖了一个皇木场。清朝时移至广渠门外，改称神木场。之所以叫"神木"，有个传说。这棵大木是金丝楠木，来自四川大凉山。工匠在深山老林里发现了楠木林，被巍峨的大树惊呆了，喜出望外。大树砍倒后，一天夜里，忽然狂风大作，雷声滚滚，地动山摇，再看林中，楠木不见了，第二天，竟然在河里发现了它们，自出山谷，所过之处没有压弯一根草，它们顺流而下，漂进京城，变作皇城栋梁。

三百多年后，一个春夜，乾隆皇帝做了个梦，梦见神木对他说，自己满身伤痛，满心忧戚。乾隆醒来觉得奇怪，东巡归来，特意来到神木场。见地上躺着一根六丈长的大木，人骑在马上立在大木一端，另一端竟看不见。乾隆围着它细细端详，心生感慨，挥笔写下《神木谣》。大意是：

神木吸造化之精气，长在深山大泽，寿命超过了传说中的灵椿。辞别故土运至燕都，采伐时也是春天，四周一片欣欣向荣。四百个春秋转瞬逝去，神木历经风吹雨打，烈日暴晒，树皮如皮肤皲裂，风吹过，树洞里发出呜咽。遥想当年，它高耸入云，遮天蔽日，枝叶茂密，浓荫四垂，悬崖深谷，万里天光，大德育万物，鬼神来相助，这里的密林似夸父的手杖落地生根幻化的邓林。人们寻来了，砍倒大树，合适的木材作楹柱，盖殿堂，不合适的弃之不用，任雷霆妒火灼烧，虎狼野兽啃啮，蛟龙泼雨冲刷，历尽劫难。更有成百上千的民夫，抬着大木，一天只能走一里路，所过之处削山头，平沟壑，拆民房。而今将神木遗弃，岁月老去，虫蛀鼠食，伤痕累累，这是神灵附体的大树啊，你为何万里迢迢离别山乡呢？

乾隆爱树，多次赋诗，唯这一番悲悯与反思，远胜过以往锦上添花的封侯赐爵，有意无心的泛泛赞誉。

神木的命运意味深长，人类来自森林，又一次次背离森林，走得越远与树的情义越寡淡。林木的死亡换来了房子的野蛮生长，衣食父母变成了索取对象，人类翻脸了，要将养育过他们的森林斩草除根。到清嘉庆皇帝建陵寝时，已经找不到金丝楠木了，只得用黄松代替。人类忘记了自己来自何处，信仰不再，神明背弃，逆子逆天，又怎能不遭天谴？

这一天，北京城空气重度污染。我站在东直门大街上，这里是著名的酒肆聚集地，簋街。

尽管空气污浊，还是有大批的食客掩鼻捂口，拥进门面琳琅的饭馆，一家家铺子遂笑逐颜开。九百年前的金中都，城里的酒馆也非常多，留下了揽雾楼、遇仙楼、状元楼、长生楼、披云楼一串名字，最有名的平乐楼里有花园，伶人奏乐助兴。金章宗时代的中都人都认为身在盛世，董解元《西厢记》诸宫调本里有戏词曰："喜遇太平多暇"，"这世为人，白甚不欢恰"。篦街上，连绵的酒肆前兀立一座山门，这是明万历年建的药王庙，曾经香火很盛，民国时的《北平旅行指南》里说，"院中竹影摇青，苔痕带碧，于古色古香之古刹中隐然有仙山之象"。庙里供着伏羲、观世音、张仲景、孙思邈。后来大殿改成了火锅城，神坛上各路神仙也不知去向，无医无药，只留一座山门。门前一棵老槐树，无可奈何地呼吸着浊气，无处逃遁。

四下里混沌一片，一切都是灰色的。这个城像是中了魔法，受到了恶毒的诅咒，山门的朱墙，老槐的绿叶，酒馆的灯火都黯然失色，都斗不过无形无象的魔鬼，这死灰无声地纠缠着绞杀着吞噬着这座城市，不动声色。站在老槐树下，看着它，想，不如归去。

然而树不肯离去。它忠实得固执，好像跟谁有过什么承诺似的，当年开枝散叶，初心已定，发下誓愿，永不反悔。它要守着过去的故事，守着给了它故事自己却早已驾鹤远游的人，在渺渺无边的时空中站成一个坐标点——万一要是有魂魄转来寻觅、有后人前来眷顾呢？

西单小石虎胡同有棵老枣树，这里是清朝皇家子弟学校右翼宗学校舍，曹雪芹在这儿当过管纸墨的杂差，老枣树陪他度过了一段落魄的日子。通惠河南岸的老槐树也认识曹雪芹，那时他常常坐在树下候船。望着东去的流水，或许就诞生了繁华

篦街的药王庙山门和老槐

极尽终逝去的红楼一梦。

醇亲王府里有两株明开夜合，学名丝绵木，纳兰性德的绝笔诗《夜合花》由它们而起。纳兰锦绣一生生命短促，满腔柔情情似飘蓬，最后的情系在两棵树上，也是地方。

海淀的巨山村有一棵白皮松，貌似寻常，却是赫赫有名的古代建筑家"样式雷"家族祖茔留下的唯一标识。雷家七代人自康熙时起供职于朝廷，故宫、三海、圆明园、颐和园、避暑山庄都有雷氏的杰作。雷家墓园建起时近二百亩，植树三千棵，如今坟茔推平，树林伐尽，仅存这一株。斯人已去，老树老矣，寻访者寥寥，人们更喜欢看雷家堆起的灵秀亭台，煌煌宫宇。

人去楼空，城郭颠转，倘若树能幸存，就有找回去的路径。人不在了，树替他站着，树就成了人；老屋倒了，树守着那块土，树就是老家；往事散尽，有树在，树替你记着往事。一个人和一棵树的缘分有多深呢？

北京多槐，无论宫廷还是陌巷，到处都是。院子里的槐树是小时候的大乐子，槐花、槐荚、吊死鬼、毛毛虫，一切都是玩具。女孩跳皮筋，它顶个人，帮忙抻着皮筋的一头儿。老鹰捉小鸡，它是盾牌，一队小鸡绕着它左躲右闪。男孩子挨揍时，它也会帮着抵挡父母挥过来的笤帚疙瘩。

长大了，女孩男孩都去忙别的事，去找别的乐子，就把树忘了。直到做了父母，又和自己的小儿女绕着树捉迷藏，重拾过去的游戏，无意中发现，树已经粗了一大圈。

有一年夏天，闷热难当。那天我加班，天黑了，正要回家，忽然电闪雷鸣，豪雨倾盆。待雨住风停，我来到街上，看到雨水将盛开的槐花打落了一地，昏黄的路灯下，白花花铺展过去，雨后特有的泥土味里弥漫着花香。我放弃了乘车，踏着花一路走回去，一会儿抬头看绿荫，一会儿低头看落花，突然就找回了与树的亲密。

也是夏夜，凌晨一点多钟，我急慌慌跑出家门，赶往医院。白天的燠热与嘈杂被夜风吹散，街上空无一人，整座城都睡了。凉风习习，草虫唧唧。有什么东西落在我的头发上，灯光下，浓绿的树叶间，点点槐花飘了下来，轻轻的、慢慢的，悄无声息。这一路，暗香隐约。这一刻，天地清澈，宁静。在这个美好的夏夜，我心如刀割，送父亲——人世间我最亲爱的人，最后一程。

人生行色匆匆，不断得到，不断失去。回头看，能从头到尾陪着你的，也许是一棵树吧。

一个人和一棵树的缘分有多深呢。

大都遗响

　　暮色四合，街市的灯一盏盏亮了，刹那间连成一串，连成一片，勾勒出楼宇魁梧的体态，把店铺的橱窗装扮得眉目传情，灯下的行人似乎受了挑逗，神色有些亢奋。所有的车灯也都亮了，滚滚而来，滚滚而去，不见首尾，气势了得。这人间像是被谁点了一把火，干柴遍地，烈火烹油，夜色中的都市显得比白天多了不少的欲望。这是城西的闹市，西四。明朝时，此处的十字路口有四座三楼四柱描金彩绘木牌楼，因此得名西四牌楼。牌楼拆毁后，留下了这个有头无尾的名字。

　　车子在晚高峰的潮水中一寸一寸地蹭着，前仰后合，像是被暖风熏醉的浪子，挪不动步。我百无聊赖地看着车窗外，一团模糊的黑影渐渐移近，是砖塔。略高于两边的房舍，算不上伟岸，没有灯光粉饰，黑黢黢的，站在这里有些怪异，有些冒失，似乎自觉与四周的流光溢彩不搭调，于是退到黑影里，不声不响。

　　身在灯海，看不到星空，刚过了阴历十五，一轮满月在碧海青天中踽踽独行。天上清辉泠泠，月色正好，但街上的人是感觉不到的，太得意了，太喧闹了。也罢，赏月本就是件寂寞的事，它仰起头来。孤月古塔，两两相对，一切尽在不言中。

这是第几次等来月满？记不清了。七百多年前，隐居在报恩寺里的行秀和尚圆寂了，弟子们用青砖叠起七级浮屠[①]，垒成一座密檐式八角砖塔，将这位自称"万松野老"的燕京禅宗领袖的骨殖供奉在这里。那时还没有伟大的大都城，这里是前朝的北郊，衰草荒坡，寒鸦点点。砖塔没有雕饰，没挂风铎，一身青灰，仿佛老人仍旧穿着僧袍站在黄土地上，凝视着这座战乱将歇、即将开启一段辉煌的城池。

僧庐中人，一不能驱车挥戈，驰骋沙场，二不能行走庙堂，上书谏言。在王朝更迭的当口，锋镝所及，流血被野，血腥的屠戮是常态，尸首如山遍地饿殍是常态，人性扭曲天良尽失是常态。也就在这时，身无长物的行秀和尚用平静的语言、明澈的目光改变了一个人，继而影响了元朝早期的统治者，拯救了燕京大地许许多多水深火热中的生灵。

那一年，身高八尺、美髯宏声的契丹贵族后裔耶律楚材迈进行秀和尚的禅房，自此，"冒寒暑，无昼夜者三年，尽得其道"。当他再赴红尘，师父的教导"以儒治国，以佛治心"如黄钟大吕，时时响在耳畔。

蒙古人征伐连年，铁骑滚滚向南，此时一介书生似无用武之地。一个叫常八斤的西夏弓匠就不把这个前朝贵族放在眼里，

---

① 初建砖塔为七层，清乾隆年间修缮此塔为九层，将原塔包在内里。

西四砖塔——万松老人塔

轻蔑地问他："国家方用武，耶律儒者何用？"耶律楚材的回答掷地有声："制弓尚需弓匠，为天下者岂可不用治天下匠耶！"

果然，这位"治天下匠"辅佐成吉思汗、窝阔台汗几十年来，屡屡告诫当权者："天下虽得之马上，不可以马上治"。在硝烟尚未散尽的燕京，胜者为王败者奴，大小将官、骁兵悍卒任意杀生，掠人妻女财物，民不聊生。耶律楚材多次阻止皇帝选民女，征民财，杀俘虏，流着泪上奏只识弯弓射大雕的可汗，请求发布禁令，愿承天心，以全民命。可汗听从了他的劝告，禁令下达，征服者的残暴有所收敛，"燕民始安"。攻克汴梁城时，统帅依照凡遇抵抗即行屠城的惯例，又要大开杀戒，耶律楚材挺身苦苦劝阻，椎心泣血，救民于千钧一发之际。在这伸手不见五指的茫茫黑夜，报恩寺禅房里那盏如豆如芥的灯始终在他心里亮着，微弱地、顽强地抵抗着野蛮。他把光带到地狱，他把佛的声音带到这装聋作哑的世界，每每于关键时刻毫不迟疑地选择做一个担当者。在乱世，写下"悲悯"二字，有多么难；在天地不仁以万物为刍狗，圣人不仁以百姓为刍狗的人世间，能敬重生命，有多么难。几百年后，王国维评价他："毅然以天下生民为己任，古之士大夫学佛者，从未有此种气象"。

金末元初，社会倒退，奴隶制卷土重来。蒙古先灭金，取燕都，继而直逼临安，灭南宋，将大江南北尽收一握，便出现了数不清的奴隶，战争中的俘虏、被占领之地的百姓全是他们的囊中之物，如牛马般驱使。这当中就有很多儒生。十年寒窗，满腹经纶，付之东流。南宋遗民怨声载道："歃法，一官，二吏，三僧，四道，五医，六工，七猎，八民，九儒，十丐。"

1237年，耶律楚材果断上奏，声震屋瓦："制器者必用良工，守成者必用良臣！"在他的劝谏下，第二年，朝廷举行了大考，书生们久旱逢甘霖，争相应试，其中不少人是沦为奴隶的学子。大考后一千多书生借此机会逃离虎口，摆脱了奴隶的悲惨境地，四千多儒生被选拔出来。这是一次文化火种的抢救，是一次先进文明的强行推行，也是上天赋予这个自幼就浸泡在儒家文化里的契丹人的大任。此时，报恩寺里，木鱼声声，梵音袅袅，曲径通幽处，禅房花木深。

当雄伟的大都城屹立于燕山之南时，砖塔已经把荒郊站成了闹市。它的西边是尼泊尔匠人阿尼哥塑制的白塔，它的东边，波光潋滟的太液池畔皇宫灿灿，它的周围熙熙攘攘，坊间把这座塔叫"羊市塔"，因为它脚下是羊市，马市，驴骡市，骆驼市，还有，人市。

在北京历史上，元朝奴隶之多空前绝后。蒙古帝国崛起之时，东至朝鲜，西至中亚，北至西伯利亚，南至南海诸岛，东征西讨，每到一地，掠获民众，尽归己有，或做奴婢，或转卖于市场。秋瑾曾有诗，"国破方知人种贱"，人市上最多的是"南人"——这是当权者对江南人的蔑称，不分男女老幼，贫富贵贱，无论是随请降的宋帝北上的宫女还是手无缚鸡之力的太学生，在这里只有一种身份：驱口。"苍黄失身遭恶辱，马畜羊麋驱入燕""肌肤玉雪发云雾，罗列人肆真可怜"。马嘶人哭，喧嚣嘈杂，浊浪滔滔，砖塔寂寂无言。即或能言，又说与谁人？

山西洪洞县明应王殿元杂剧壁画

大都西边的瓮山（今颐和园万寿山）下，一抔黄土埋着万松老人那个把"仁"字写满三十年仕宦生涯的门生。他死在蒙古高原，去世前留下遗言，他想回燕京，那片生于斯长于斯的土地，落叶归根。噩耗传出，蒙汉两族涕泣相吊，都城休市，绝音乐者数日。苍野茫茫，此时无声。

十七年后，耶律楚材归梦故土，归梦山湖。他的墓园里种满桃树，每到春天，灼灼其华。他的使命已经完成，鞠躬尽瘁，花枝圆满。

另一种声音从砖塔脚下的砖塔胡同、玉带胡同、钱串胡同、口袋胡同里漫散开来。丝竹管弦，莺歌婉转，戏班云集，青楼栉比，这里成了大都人流连忘返的场所。几十家勾栏争奇斗艳，门前画着花花绿绿的纸榜招子，写着当天的剧目，门口有人卖力吆喝揽众，内里用大木板搭的看台一层高过一层，宽可容十余人的舞台顶部装饰着如同宫殿的檐脊，简陋的富丽堂皇在烛火下迷惑着看客。

乐声响起来，先是小曲、评话、诸宫调铺垫，接下来，杂剧在观众的期待中开场了。也许是《感天动地窦娥冤》，窦娥舞动着衣袖呼天抢地："地也，你不分好歹何为地；天也，你错勘贤愚枉做天！"也许是《张生煮海》，张生的家童与龙女的丫鬟调笑："梅香姐，我到哪里寻你？"梅香答："你去兀那羊市角头砖塔儿胡同总铺门前来寻我。"台上且歌且舞，台下时笑时哭。台上的绰约女子也许是大红大紫的名伶珠帘秀，台下哭笑的呆子也许是大都的医户关汉卿。元朝科举废止，仕途堵塞，上层看重的是经邦治国的实学，诗词歌赋不过是些玩意儿，关汉卿们的才情只能倾洒在勾栏瓦肆里，满腔心事付瑶琴。这个普天下的郎君领袖，盖世界浪子班头"生而倜傥，博学能文，滑稽多智，蕴藉风流"，勾栏是他不得已而涉足的地界，也是命运赐给他的洞天福地，他常常"躬践排场，面敷粉墨，以为我家生活，偶倡优而不辞"，嬉笑怒骂地演绎着人间的悲喜剧，"一声唱到融神处，毛骨萧然六月寒"。蹉跎人生就这么不知不觉地成就了文学史上的千古一页。

几度月盈月亏，砖塔下歌声停歇。大都的土城倒了，太液池的皇宫塌了。砖塔的北边，金丝楠木撑起了帝王庙，供奉的元帝牌位被汉族人一会儿请进去，一会儿撤下来，每年春秋两季御驾亲往，礼乐齐鸣；塔的南边建起了基督堂，从彩色的玻璃窗里传出的圣歌直达云霄。这座城依旧紫微星高照，祥云缭绕，比前朝宫殿更气派的殿宇红墙高耸，金色的屋顶与日月争辉，殿宇里的主人你来我往，好不热闹。最后鸟兽散尽，白茫茫大地真干净。

不知何年，人倚着砖塔搭起房子，将塔围了个严严实实。从外面看，好像砖塔破屋而出。塔尖不见了，年年春天草荣其顶，远远望去，像一枚奇怪的笋。塔下人家开起了酒馆，猪肠子挂在塔檐上，酒瓮环塔而立，刀钝了，随手在塔上磨几下子，人醉了，靠着塔歌呼谩骂。过了些日子，酒馆关张了，肉店开业了。肉店撤了羊肉床子，牙医又挂上了幌子……砖塔还在，只是风吹日晒雨淋，青灰色的僧袍越发破旧了。历经几百

位于砖塔南面的缸瓦市基督堂

年雨雪风霜，刀光剑影，它还能站在这寸土寸金之地，已是奇迹，已是万幸。世人不晓得砖塔的来历，也无心打探，各人忙各人的营生。至于为何闹市中立着这么个塔，传灯人姓甚名谁，有什么紧要呢？偶尔有书生路过此处，发出惊叹："居然遗塔在，扰攘阅朝昏。草蔓萦萦合，松声谡谡存。"朝昏更替间，还有人记得行秀和尚的醒世恒言吗？

西四一直繁华，砖塔一直寂寞。众星暗淡，孤月澄澈。

清冽的月光洒在北城大都路兵马都指挥使司衙门（今府学胡同内）内的牢狱里。1281年的中秋之夜，月华满天，偶有云影徘徊，铁窗外忽明忽暗。秋风起，飒飒寒意袭来，烛光摇曳了几下，继而站稳，似欲言又止。一缕琴音升起，虽气若游丝，却有玉石之音，未成曲调先有情。云翳散开，琴音渐亮，《胡笳十八拍》和着秋风搅动着落叶盘旋开来。

抚琴者，汪元量，昨日南宋宫廷琴师，今日不得已寄身元廷。听琴者，文天祥，昨日南宋堂堂丞相，今日是元大都土牢里的阶下囚。四目相对，五味杂陈，感慨良多。"蔡女昔造胡笳声，一弹一十有八拍。"汪元量纤长的手指在弦上慢慢道出一千年前文姬的无限凄凉。

"烟尘蔽野兮胡虏盛，干戈日寻兮道路危。志意乖兮节义亏，民卒流亡兮共哀悲。"1275年的寒冬，西子湖上无舟无楫，昔日摩肩擦踵的官巷、棚桥行人寥寥。元军兵临城下，临安人心惶惶，大宋江山危在旦夕。原来的丞相竟趁着夜色出逃，一个月后，接任的丞相又一逃了之。两任丞相弃社稷于不顾，眼见大厦将倾，文武百官纷纷不告而别，皇帝无计可施。紧急关头，江西人氏、宝祐四年的状元文天祥振臂一呼，捐出家资，招募义勇，起兵抗元。他受命右丞相，命人打开城门，亲自去元军帅帐谈判，因拒降而被扣留。士兵押解着他跟跄北上，文天祥在长江边拼死逃走，南渡寻主。一路上满目疮痍，哭号震天。此时，钱塘人氏汪元量在弓刀的逼迫下，随请降的皇帝、太后以及六宫粉黛、宫娥侍从向燕都跋涉。车辚辚马萧萧，亡国之人一步一回首，尘满面，泪千行。

露气浸湿了牢房，夜阑更深，火苗瑟缩人影瘦，抚琴人指下弦急调悲。

"云山万重兮归路遐，疾风千里兮扬尘沙。"1277年，文天祥九死一生逃回南地，书生从戎，弃笔亮剑，率领南宋残兵进军江西，五月克会昌，六月占云都，在攻打赣吉时战败，其妻与两个年仅十四岁的女儿不幸被元军捕获，押往大都。文天祥率部退走沿海，仍奋勇抵抗，终因寡不敌众，在广东海丰五坡岭下被俘。文天祥只求一死报国，毅然吞下龙脑（即冰片），竟未死。押至元军帅帐，兵士高呼其下跪，拒不拜，再求一死，元将不容。遂遣送京师。文天祥三求一死，绝食八天，仍未成，只得踏上北去大都的漫漫长路。

此时，汪元量忍辱委身于元廷，横笛拨弦，侍奉新主。蒙古人灭金占领燕都后，搜集到钟磬乐器四百余件，平宋时又从江南把宋宫中的八百件雅乐乐器连同乐工运往大都。元代的宫廷生活长期沿袭蒙古习俗，抵制汉化，君臣宴飨与征伐大事同等重要，如今放在北海团城上的大玉瓮就是忽必烈大宴群臣的

府学胡同文丞相祠

器皿，玉瓮可盛三十石酒，宴饮时周围摆满金酒杯，饮者随意从中舀酒喝。宋帝与太后降元来到京师后，忽必烈大宴手下败将，席上，"金罄堆起胡羊肉，乐指三千响碧空。""诸行百戏都呈艺，乐局伶官叫点名。"驼峰酥酪，熊肉雉鸡，葡萄醁酒，仙乐飘飘。汪元量看着曾经的旧主与今日的新主，手抚锦瑟，弹拨出融融春意，心中却是冷涩凝绝，杜鹃啼血。

秋风涌起，大都城满地月霜。有惊鸟骤鸣，搅动着兵马司大牢里浑浊的梦。琴声琮琮，冰心一片。

"雁南征兮寄边声，雁北归兮为得汉青。雁飞高兮邈难寻，攒眉向月兮抚雅琴。"1279 年十月初一，文天祥满身风尘，被押到了大都。忽必烈正欲招揽能士为己所用，决定尽力劝降，开始把他安置在一所豪华的客馆，"供帐饮食如上宾"，但他面南而坐，不吃不睡。元将见状，将其妻女带来，以情相劝，未果；又派南宋皇帝和当年临阵脱逃的丞相以利相诱，未果。最后面露狰狞，以死相胁，均未果。一而再再而三三而竭，无奈，给他戴上枷锁，双手紧缚，投入大都兵马司牢狱。

这一关就是三载。夏夜突至的滂沱大雨灌进牢房，冬天锋利的北风刀刀割在身上。雁去雁回，明月流水，每当黄叶摇落，听到大雁的叫声，故乡故国就会走进文天祥的梦里。他在狱中写就的诗文流传出去，众人争藏。"公因系久，翰墨满燕市"。捧着文丞相的词章，南宋遗民就像捧着沉甸甸的故土，捧着南方的绿水青山。这个土牢里的囚徒承载了他们所有的回忆，所有的爱恨，所有的牵挂。

很多传说在大都不胫而走：文丞相在大牢的院子里栽了一

棵枣树，奇的是那树不肯直着长，枝干竟一径向南伸去，"不指南方誓不休"。文丞相在墙上画了九横九纵棋盘似的图，自冬至始，每天清晨涂一格，涂完了九九八十一格，北方苦寒的冬天就要结束了，燕子就从南边回来了。这就是"九九消寒图"的来历……人们念着文天祥，就像念着已经被绞杀的前朝，就像念着自己永不回头的岁月。大牢里的囚徒以独特的方式在燕京百姓的心里不声不响地扎根，以至于待到再一次改朝换代时，燕京人把他奉为保护这座城池的城隍爷，高高地供了起来。文天祥的同乡张毅父自其投入牢狱，即居于北城兵马司附近，每天为他送饭，"凡三载，始终如一"。委身元廷的汪元量身在曹营心在汉，一直记挂着丞相。中秋月圆，他知道意味着什么，特意携琴来到牢房，为他挑抹勾剔，抛露心曲。此心知彼心，他弹的不是前世的古曲，是此生的命运。

　　然而曲终人散的一天还是来了。1282年，腊月初八，冰寒雪冻，忽必烈在皇宫亲自召见文天祥，再次劝其归顺，并许以宰相高位，得到的回答依然是"愿赐之一死足矣"！

　　第二天，大都所有的城门紧闭，军卒站满城楼，街道禁行。文天祥被押至柴市刑场。他神色从容，整衣掸袖，朝南方一拜，曰："臣报国至此矣！"

　　当日，大都城里黄沙弥漫，昼晦如夜，宫中皆举烛而行。就在这一天，汪元量泣血作诗："生愧夷齐尚周粟，死同巡远只唐官[①]。雪平绝塞魂何往，月满通衢骨未寒。"

---

① 指唐代安史之乱时宁死不屈的忠臣张巡、许远。

文丞相祠里的老枣树

　　云遮月走，曲终人去，只留下一棵树。就是那棵相传是文天祥亲手栽下的枣树。虽是讹传，这树却也有四百年了。有幸生在这个院子里，显然得了人的精魄，再加上数百年造化的雕刻，状貌的确非同凡响：两人合抱的粗干横卧向南，浑身树皮龟裂，硬似生铁，朝地的一半黢黑，朝天的一半披着白霜，黑白分明。一眼望过去，它不像一棵树，而像一块巨石，像一段倒下的岩柱，峥嵘峻厉。但是往上看，石上生花，成双成对的叶子绿了一方蓝天，秋风中，枝头的枣子微微抖动，有熟透的落在青草地上，红得令人心生暖意。忍不住捡起一颗，放进嘴里，很甜。

　　树犹如此。

家住人间

二十多年前的一个春天，花事正盛，走在湘西凤凰小城的青石板路上，石崖上的蔷薇花瓣扑簌簌落在头发里，听得见细碎的声响。

清早，路上无人，只有几只茸茸的小鸡跟在母鸡身后蹒跚，母鸡嘀嘀咕咕地对孩子们唠叨着。拐进一条窄窄的巷子，闻见了早晨的炊烟。才走几步，便见一间庵堂，不显山不露水，与左右人家比肩而立。怔了一下，抬腿迈过门槛。只一间瓦屋，正中供着菩萨，地上放着蒲团，屋顶有褪了色的红幔垂下来，一缕香烟不易察觉地从眼前飘过去，不见了。

待迈出门槛，就见庵中唯一的老尼正和邻家择菜的婆婆闲话，似是念叨哪个孩子读书不用功，爹娘也不上心，大小没一个省油。两人你一句我一句，声情并茂。老尼叹着气扫净台阶，放好扫把进了庵堂，我也离开。走了几步，身后传来了木鱼声，笃，笃，笃，像老尼的心跳。巷子更静。转身再看这条有一间庵堂的巷子，木鱼声声与炊烟袅袅的巷子，再也忘不了。

深山里的古刹，都市里的名寺，帝王敕建的庙宇，多少金碧辉煌，多少香客云集，见过一座又一座，都湮没在记忆里，混淆成一团，可这间人间烟火里的小小庵堂却留了下来，不显山不露水，清清楚楚、安安稳稳地留了下来。

二十多年后，偶然在北京的一条胡同里又撞见了一座烟火中的小庙。这条胡同全无湘西小镇的宁静，真个是烟火烈烈，人气腾腾。胡同口，打馕的新疆小伙麻利地把面饼贴在炉膛里，对过儿的包子铺灶上的笼屉摞了三尺高，板车上摆着青菜萝卜辣青椒，河南人扯开嗓子一声吆喝，把路人吓了一跳。孩子闹，大人叫，挤过来的汽车不耐烦地按喇叭。就在这一片喧嚣中，我看见了半座山门，只有门和东边的一扇石雕透窗，西边的窗已变成了小店铺。墙上的牌子写着：正觉寺，明成化年建。走进山门，一进院儿住满了人家，二进院儿变成了酒店。客舍冷清，倒能看出些许当年清净之地的影子。正殿、偏殿都幸存下来，庙虽小，但也格局俨然。

重回喧嚣里，我坐在新疆饭铺门外的凳子上，看着左右挤挤挨挨的民居店铺，来来往往的饮食男女，想着几百年前这条胡同、这座小庙的风景，不觉失神。

北京有六百多条胡同因寺庙得名，也就是说，曾经可能有六百多座寺庙落户在胡同里。这其中有不少佛寺道观，但更多的是供奉本土民间信仰的神灵的庙宇，比如土地庙、关帝庙、娘娘庙、龙王庙、城隍庙、火神庙、药王庙、财神庙、二郎庙、马神庙、山神庙、河神庙。这些是有名堂的庙，还有一些更接地气的小庙藏在犄角旮旯，恭王府花园山上有狐仙庙，程砚秋早年租住的什锦花园胡同院子里有座小小的蝶仙庙，明清

砖塔胡同关帝庙遗址

两代修建皇宫的营造世家马天禄家里有鲁班庙。明代烟花巷内务部街一座废弃的宅第里有座小庙，供着一尊铜铸的女子像，顶盘一髻，插花二枝，着短袄，盘右腿，露钩莲，含笑偏头，情态妖冶，是风尘女子崇奉之神。很多小庙是民间私建，即使是奉旨敕建的寺，也往往是只有两进院儿的小庙，住着个把僧尼，山门矮小得还不如气派的广亮门、金柱门。湘西小镇上那种僧俗为邻、鸡犬相闻、槛内人与槛外人形同一家的情景，在过去的京城胡同里也比比皆是。

除了本城土著的小庙，胡同里还有眼花缭乱的风景。京城乃万方辐辏之地，五湖四海的外乡人飘蓬转来，远离故土，心若无所依傍，必是恓惶，于是五湖四海的神仙也相跟着来了。

先是外城一带的胡同里起了很多会馆，后扩至内城，清朝时北京有三百九十二家，大部分是为朝廷召见的官员、游宦的士子、赶考的举子提供食宿的同乡会馆。其中有五十多家是商贾行业会馆。这些会馆的建立有个重要的目的，就是祀神。大都在一进门的显著位置设庙或神龛，山西潞郡商人多从事铜铁锡炭，会馆的炉神庵里供李老君；福建延邵会馆的纸商祀福建人最信奉的天后妈祖；平遥会馆里的仙翁庙供葛洪，玉器行供邱真人，药行会馆供神农。几乎所有会馆都供奉关帝和武财神赵公明。孝顺胡同、百顺胡同、高井胡同、石虎胡同……多如牛毛的胡同里，一家家会馆香雾缭绕，龛座辉煌，烛儿焕彩。逢年过节，商贾们进进出出，忙碌衬出了喜气，给胡同人家寡淡的日子添了几分意趣。街头巷尾的小铺子也住着神仙，卖糕点的饽饽铺供雷祖，茶叶店供陆羽，绸布庄的神位上当然是嫘祖，饭馆儿里奉的是灶君，戏班子尊的是喜神。神仙们在人间各有所居，安居乐业。

神非凡夫，本该住在神界，比如天上、海里、仙山、冥界。人们辛辛苦苦把神一个个创造出来，先是设想他们远在天边，那样才能与凡人拉开距离，才好将一身法力塞给他们；之后发现太远了够不着也不是个事儿，于是又让他们近在眼前，在自己家门口给他们盖起了漂亮的房子，有了好吃的好喝的先想着他们，供到跟前。神在人间安了家，与左邻右舍处得很和睦，东边飘来炖肉的香味儿，他闻得见，西边两口子拌嘴，他听得清；三五顽童偶尔闯进来捉草虫，他也瞪着眼睛看，冬夜里门外一声"萝卜——赛梨"也会扰了他的清梦。白日里老街坊到他这儿来多半像串门儿，敬一炷香，念叨些芝麻绿豆的事，他听着便是。日子久了，磕头碰脑常见面，胡同里的人提起他，似乎在说一位令人尊敬的长者，一位众人信服的家长，或是天赋异禀的贤达。

通常胡同里总是静悄悄的，神仙们乐得清静。这些小庙没有广宁门慈仁寺里金代奇松的满天涛声，没有白纸坊崇效寺的千株枣树，没有宣武门松筠庵内名士的唱酬吟诵，没有下斜街长椿寺里的粉墨登场，没有寓居在贤良寺的李鸿章、广化寺的恭亲王、龙泉寺的齐白石，没有丝毫名声的包装和外来的粉饰。岁月悄悄地来了，悄悄地去了。胡同里的老翁脸上又多了几道皱纹，胡同里的神仙身上的油彩又脱落了几块。神隐身在胡同里，湮没在市井中。

　　大隐隐于市。这话若用在这些胡同神明的身上，好像贴切，其实不然。这些神与仙没有一点隐者的清逸出尘，来到人间的每一天都浸泡在红尘里，每一天，都在尽职尽责。人生多艰，长路漫漫，朝来寒雨晚来风，却无处躲避，无处藏身。尤其是布衣平民，与权无缘，与势无缘，与钱无缘，有苦楚，有烦闷，有期许，向何处诉？寻何方解？找谁人问？风雨如磐，雾海茫茫，命运莫测。福祸之间，瞬息万变，连权势也有无能为力的时候，何况赤手空拳？天下有万千条路，走着走着，不知怎么就成了穷途末路；世上有千人万人，节骨眼儿上却没有一个救你的人。最后，只能自己给自己造出一个神来，与神结缘！

　　你说他荒唐，的确，非理性主导了这个行为，但其中又有合理的成分存在；你说他浅陋，是的，民间信仰重在功利，没有宗教宏伟的架构，深邃的境界，完备的制度，但实用，直接，简单易行，是世俗之人容易抓到的救命稻草；你说他任性、随便，没错，只要被认为有用，管他什么神都可以拿来，都可以下跪，英雄不问出处。可是这任性里恰恰隐藏着人类远古时期精神活动的基因密码，涌动着与生俱来的寻根寻神寻归宿的内驱力，这样的信仰与人类文明史一样久远。人类的祖先在异常严酷的生存境遇中出于本能创造了神，经过长期筛选，一部分基因遗传下来。"万物有灵论、宗教和科学如同三幅宇宙的伟大画卷""人类形成的第一幅世界图景——万物有灵论像一种心理上的世界图景，它不需要任何科学的基础。"（弗洛伊德《论宗教》）。后来产生的宗教是教导人超越现实，寻求彼岸的

原正觉寺山门前

幸福。民间信仰相反，是站在现世得失的立场上，以现实利益为基本诉求。即使他的诉求没有满足，他也不为难神，因为他总算有个可以说说心里话的地方，一腔孤苦，满怀愁绪也可以暂时卸下，捶一捶压弯的腰，揉一揉酸痛的肩，深深地、长长地吐一口气。

民间信仰的根基不是哲学，而是情感。那些小庙里的神灵、壁龛里的神灵只需倾听，听着当家的男人祈求多卖出几碗面、几坛子酱菜，孝顺的女儿祷告久病的母亲早一天康复，听着婆婆想抱孙子的渴望，媳妇受了虐待的哭诉，听着夫妻吵架、邻里斗嘴，神灵们收拾起一地鸡毛，接纳了所有的焦虑、恐惧、愤怒、悲苦，承担起所有的心愿。烛光摇曳中，默默无语中，似是给对面那个人些许安慰，些许承诺，暗暗地扶他（她）一把，迈过心里那道坎儿。

在祈祷者的眼里，有了对面那尊神，就存着一份希望；有了这份希望，就有了活下去的理由。名伶程砚秋的母亲在儿子签了九年卖身学戏的契约后，心像被挖掉了一块，是又疼又怕又愁，睡着了噩梦连连，醒来泪水涟涟，无奈之下只剩一条路，隔三差五地奔关帝庙磕头烧香，口中念念有词，求关帝保佑年仅六岁的幼子平安熬过这九年。待程砚秋苦尽甘来成了角儿，老母亲又日日清晨梳洗齐整，到后园儿角落里的蝶仙庙燃香敬拜，祈愿蝶仙助台上的儿子光彩照人，长盛不衰，花好月圆的日子长长久久。

敬什么神不重要，重要的是目的，重要的是心思有个地方安置。黑夜无尽，只寻一盏心灯。

《左传》云：国之大事，惟祀与戎。那么民之大事是祀与食。民以食为天不妨碍民以祀为根。中国人的宗教性生活的主体很大一部分是民间信仰。1929年北平市警察局统计，全市有寺庙一千六百九十二座，这其中固然有许多佛寺，历史上北魏、北周、唐代三次大规模灭佛时，幽燕因地处边陲，大批僧侣拥入避难，佛教在这边风景独好。辽代契丹人喜佛，大兴佛寺，元代宗教政策宽容，无论是藏传还是汉传佛教都很盛行。建大都时，位于现在西单的庆寿寺双塔影响了城市规划，忽必烈特批保留佛塔，避之辟路。明代衙署内都设佛堂，魏忠贤等大太监以积功德为名无不建庙。清代自顺治始，很有几位皇帝喜研佛，好参禅。《清会典事例》记载，当时直隶全省大大小小的庙宇有七八十万座，其中佛寺更是盛况空前。

但是，占大多数的普通信众并非刻意选择此处，他们不了解也不深究佛教的高深境界，同时也不太明白佛道的区别，不在意主流宗教与各种原始信仰孰高孰低，孰优孰劣，孰贵孰贱。他们或循祖传习惯，或从舆论指点，或是更干脆简单，就近入寺，想拜谁就拜谁，往往越是草根越觉得亲近，可信，管用——这一位不那么高，够得着，能替咱小民办事儿。即便是终年出入佛寺道观，拜释迦敬老君，在他们的意识里与拜关帝敬龙王没有根本不同，只是膜拜对象的移情而已。

鬼神观念极普遍的底层民众似乎有着与生俱来的本领，他们既包容，又灵活，面对经过了统治者包装的儒释道，面对在文人那里越来越艰深浩繁的儒释道，他们举重若轻，自然而然地将其本土化，民俗化，像藤萝一样不知不觉地把大树缠绕起来，相互盘根错节，直至不分彼此。正统的儒释道在这片土地上变成了民间信仰化的儒释道，胡同的小庙里也会常听到融汇了轮回转世、因果报应、天人合一、仁义礼信的祷告。法无定法，非法法也。

在众多的神明中，关帝案前的香火可说是最盛的，内城九座城门，八座瓮城里有关帝庙。清朝皇室在祭堂子（满族贵族祭祀的场所）时，不许汉族官员参加，可汉家的关老爷与满族的始祖共居神位。上至坤宁宫，下到各八旗兵营以及普通旗人家，都摆着这位面如重枣的义者神像。晚清的老艺人回忆，当年进宫给慈禧唱三国戏，逢关公出场，慈禧必找借口站起来离座儿，以示敬意。胡同更是关帝喜欢的地界儿，至今砖塔胡同、宏庙胡同、盆儿胡同、武圣路、西四北街等地还能看到他老人家驻扎过的蛛丝马迹。1928年统计，北平的关帝庙有二百六十七座，居民间神庙之首。

关公神化始自南北朝，一路封侯封王，到明朝封帝，至光绪年，关公的封号长达二十六个字，地安门关帝庙的绿琉璃瓦在乾隆年就变成了最高等级的黄琉璃瓦，关公的曾祖、祖父、父亲一同入殿享祀，关帝也被纳入道教神谱。在这件事上，官方与民间齐心协力，但各有期许。比如京城行业会馆里，虽各有自己的行业保护神，但都供奉关帝，一是此时关帝已成了武财神，能助财运亨通；二是客商们出门在外，既会受到本地人的挤压，又会遇到行内的竞争。而关帝重义轻利，义薄云天，这一个"义"字正是化解冲突的灵丹，行走江湖的规矩，凝聚异乡客、同行人的焦点。《乾隆南巡图》这幅长卷里，18世纪的宫廷画师用画笔记录下京城坊间这样一副对联："以义为利也，则财恒足也"，这里面的因果逻辑很清晰。旧京的粮店柜上正中供着关圣的神龛，上面书写的也是这四个字：以义为利。可见商人眼中义与利的关系。

信仰是依附，是归顺，关帝成了很多群体乃至整个中国认同的文化符号，成了共同的价值观。他高居堂中，无形中有股感召力，威慑力，在他脚下，一盘散沙的商贾似心有所系，敦亲睦之谊，叙桑梓之乐，互助互利，利同义恰。一个来自外省、风尘仆仆、心中忐忑的小买卖人到了京城，走进会馆，迎面便见关帝的神龛，好生熟悉，好生亲切，忙紧走几步，恭恭敬敬上一炷香，深深叩拜下去。俯仰之间，人生地不熟带来的距离感随之淡化，未来的不确定性引起的恐慌渐渐减轻，他在关帝面前找到了安全感。

城隍爷也是京城里德高望重的一尊神。与关帝相同，也是庙堂与江湖共同造神的产物。明清时北京有四座城隍庙：闹市口的都城隍庙，地安门外的宛平县城隍庙，东城大兴胡同的大兴县城隍庙，宣武门外的江南城隍庙。都城隍庙建得最早。1270年，大都城破土三年，巍巍峨峨的城垣刚刚隆起，众臣就向元世祖奏请，"大都城既成，宜有明神主之"，请求建造城隍庙，这是当务之急的大事。元世祖应允，遂在城西南角择地建庙。

"城隍"二字原本务实，城是城垣，隍是环绕城墙的无水

东岳庙夹道墙上的大算盘

的壕沟。它们的实际保护功能很自然地被住在里面的人们人格化，继而神化，赋予其安邦护国的性质。在战乱频仍的古代，不要小看这一道墙，一条沟，明代人赞曰："当夫郊嘶戎马，野竖旌旗，非城隍捍御之，则化肝脑为蹄尘，变庐舍为灰烬。"可见，将城隍视为神灵是顺理成章的。

三国时就有了城隍庙，到宋代，全国上下纷纷建庙祀奉。朱元璋成就霸业后，对天下城隍神正式封爵赐号，要求一方官员定期去祭祀，他自己也多次亲往祭拜。这时的城隍已经衍生出新的属性，他是冥间派往阳间的地方官，他明察秋毫，洞悉阳间，守护城池，保障治安，督官懔民。鸡鸣狗盗之徒他能管，贪赃枉法之人他能治，悬疑案件他能破，寻人寻物他相助。旱涝虫灾、瘟疫地震、外族侵扰，凡危难之时一城之民必会捧着香烛、抬着牺灵来到这位保护神的面前。而城隍的人选也从抽象的偶像变成了有血有肉的人。这些人活着的时候无不是忠孝节义、为官清廉、舍身为民的贤臣忠吏，死后，一方百姓希望他们继续造福黎民，不约而同地将他们推上神坛，城隍就成了人格化程度最高的神祇。北京历史上有两位这样的城隍爷，一位是囚拘燕京三年、誓不降元的南宋忠臣文天祥，一位是与奸臣严嵩以命抗争的明代义士杨继盛。浩气还太虚，丹心照千古。这两位城隍的确立，本身就对民众起到了潜移默化的教化作用。"道虽隔于幽明，事或同于表里"，忠烈的故事，忠烈的人品在集体无意识中相传，得到了永恒。

北京人有句顺口溜，形容山门里面四大金刚的特征：大爷琵琶二爷伞，三爷龇着牙，四爷瞪着眼。为什么龇牙瞪眼地吓唬人呢？

漫长的中国封建社会是人治的社会，刑不上大夫，礼不下庶民。长期的秩序失范，弱肉强食，丛林法则横行。要想在这样的生态里存活下去，绝非易事。民间信仰无意中发挥了不可小觑的作用。旧中国的文盲率高得惊人，那时候问你"识几个字"，绝非虚言，识字的人里很多只认得十几个、几十个字。与书本知识隔着千山万水的下层民众用什么自我教育，自我约束，评判人事？靠的就是头上的神明，基本信念就是"善有善报，恶有恶报"。

"举头三尺有神明"，细细琢磨，这句话里含有很严厉的意味，越想越可畏。很多地方城隍庙的楹联语气严横，似当头棒喝，让人心惊，而且用词直白，毫不拐弯抹角，即便目不识丁也能一下子听明白。北京城隍庙的楹联多为帝王、文人所作，丧失了原生态的气质，只有大兴县城隍庙的楹联最本色："阳世奸雄违天害理皆由己，阴司报应古往今来放过谁"。朝阳门外的东岳庙里也有这副楹联，庙里东西夹道各悬一个巨大的算盘，算盘旁也有对联："乘除分明，毫厘不爽"。唐代时道教将城隍纳入自己的神谱序列中，所以在道观中也可见城隍神的身影。众多的城隍庙对联如同一双双眼睛，目光无比锐利，直抵人心。在这样的注视下，在一声声警告下，由不得你不低下头去，省察自身的起心动念。人可欺天不可欺，人很清楚人与天这两者的差别，所以给自己设置了一个高高在上的视角，威严地反观众生的言行举止，一笔一笔记录在案，待牛头马面、判官小鬼出现在你面前，就是秋后算账时。民间信仰有效地遏制了人的劣根性，以独特的方式形成了规约，维系着一个群体的秩序，稳定着社会。

既有菩萨低眉以慰人心，又有金刚怒目以束人性，这就是民间的大智慧！

寒暑几易，昼夜交替。万丈红尘中，各路神仙与芸芸众生经过了几世几代的朝夕相处，越来越熟稔，越来越亲近，沾了一身烟火气的神灵在他们的缔造者眼中常常面目模糊，分不太清是人是神，人如何，神又如何？于是人就由着自己的性子做出一些好笑又可爱的举动。年三十儿的晚上，北平的老太太等小孙子睡着以后，要往孩子的脸上抹几道黑灰，因为这天诸神下界，见到漂亮的孩子，看上眼儿了，要带走的。谁家的孩子得了病，花一枚大钱到油盐店请一张"快马先锋"，画儿上的神留着胡子骑着马，四蹄翻飞，也不知是何方神圣，贴在炕沿儿上，烧三炷香，磕三个头，若是孩子好了，可万不能让他去庙里露面，买个纸糊的童子送到庙里烧了交差。戏班之神除了祖师爷还有喜神，其实就是旦角在台上抱着的假娃娃。在台上怎么鼓捣都行，在台下可不能随便动它。戏班到人家唱堂会不能捧着祖师爷的神龛去，就对着大衣箱一揖，因为喜神就放在后台的大衣箱里。可走来走去老从大衣箱前过，也不能总揖，戏班人就把喜神倒扣着放，扣过来就只当不是神了。东岳庙里曾有月下老人的神龛，当娘的常把女儿骗来，让她在月老前跪拜，将来找个好女婿，也不告诉她拜的是谁。等女儿明白过来，娘儿俩就当着月老的面叮叮当当干起来了，这让月老情何

历代帝王庙里的关帝庙

以堪？

当然，人们也不是光会糊弄神，光会求他办事儿，也知道心疼他，体贴他。人们不忍心让城隍爷、土地爷孤零零落单儿，热心地张罗着给他们成了家，庙里就有了城隍奶奶、土地奶奶。看着成双成对的神仙，心里别提有多踏实了。春天人们抬着宛平县城隍出巡时，路过土地庙，抬轿子的人必要停一停，因为土地爷是宛平城隍的老丈人，神仙也要讲礼数，不能陷他于不义。在民间，人对神，就像做儿女的对自己的老家儿（北京话：家长），在他面前能笑能哭能拌嘴，对他有时候很尊重很听话，也知道孝敬；有时候又会动点小心眼儿，耍个赖扯个谎，糊弄糊弄老人家。过日子遇见什么难事了，只管去求他，没有对路的神，可以造一个。东岳庙里有七十二司，各路神仙各管一方，有专管增延福寿的，教导子孙的，抓捕盗贼的，戒食大烟的，还有专管患黄疸病、眼疾、痘疹的，应有尽有，叹为观止，充分体现了实用为本的原生态信仰追求。

自然，也不能总让神操劳，年节时分，人们要闹出点儿动静来，让神高兴高兴。五月初五，端午节，元代的大都人不赛龙舟，赛关王会。是日，人们在兽皮上染绘关公像，齐集以游，艺人说唱，乐师叫阵，热闹非凡。七月十五，盂兰盆节，什刹海绕湖多寺庙，从清早到夜晚，人群川流不息。和尚诵经，香客祈祷，小贩叫卖放生用的麻雀、金鱼、乌龟、蟾蜍。入夜，信徒们点河灯烧纸船，孩子们举着长柄荷叶，荷叶心里燃一根短烛，青光熠熠；或是高擎五六尺高的蒿子，在每个枝头捆上点燃的香头，成群结队，且歌且行，如万点流萤在湖畔

大兴胡同大兴县城隍庙遗址

飘荡。八月十五，中秋节，女孩儿家请来了月亮码子，这是用秫秸秆插成的长方架子，糊着电光纸，最上面画着玉帝，中间是关公、土地爷，下面是月宫桂树玉兔。案上摆香炉，果饼切牙瓣，小女子一脸虔诚，只见嘴唇翕动，听不见声音，那是说给神灵听的悄悄话。四月，莺啼绿柳，暖风醉人，善男信女出西直门，雇头小毛驴儿，手挥柳条儿，"嘚嘚"，奔了妙峰山。这一路舍茶的茶棚相连，渴了尽管喝，不要钱，喝饱了说声"您虔诚"，扬长而去便是。朝山下来的香客手拄桃木棍，头戴红绒蝙蝠，喜气洋洋，带福回家。遇见上山的香客，无论认不认识，都道一声"您虔诚"。也是春日，宛平、大兴两县的城隍要出巡了，鸣锣开道，旌旗招展，八人肩舆稳稳地抬着城隍，后面跟着长长的队伍，有扮马童的，打扇的，有扮判官鬼卒的，更有披枷戴锁扮成罪人的，这是家中有难，扮成罪人表示赎罪，求得神的宽恕，以解危难。这一行人后面还有高跷、秧歌、五虎棍相随，边走边舞。城隍庙的戏台上还会上演木偶戏。见了这阵势，神能不开心吗？

人又何尝不是如此呢？底层草芥，形单影只，单打独斗，终岁做苦，难得开颜。仅凭一己之力担荷生存的重负，往往要以命相搏，个中滋味，冷暖自知。一年中几次娱神，更是娱己，是跋涉路上的喘息，是压抑日久的狂欢，是挣扎中暂时的解脱，是纠结里率性的放下，是备受艰辛之后的补偿，是惨淡人生的安慰。人们走出家门，走出胡同，来到大街上，融入欢腾的人群。在人群里，个体不再孤单，人与人不再疏离。他们共同迎神，送神，安神，拜神，共同参与一个仪式，年年重

东岳庙瞻岱门楹联

复，代代重复，在反反复复的习得中，确定了这一城之人的习俗和生活方式，树立了江湖上的价值观，强化了人与神的联系，肯定了生存的意义，找到了自己的归属和满足。

如微蚁般的人孕化了神，然后虔诚地跪倒在神灵的脚下，这恰恰是因为他们不甘心向命运屈服，坐以待毙，他们要竭尽全力、想尽办法、绞尽脑汁拯救自己，哪怕是卑微地低下头去，向他人求助，借他人之力，匍匐在他人面前。

从来就没有什么救世的神仙，说到底，这是一场人类延续了几万年、血泪斑驳、辛酸而悲壮的自我救赎。

结庐在人境

有一天，走在一条胡同里。夜里一场好雨，早晨的阳光特别干净。或许就是这个缘故吧，让我看到了那座院子。

其实我不知道看见它多少回了，一个月总有三四次要穿过这条胡同，路过这座宅门。可是我的确没看见它。这座城里像这样破旧的宅院有不少，太破了，不会引人注意。而这一天，阳光出其不意甩出一根金丝线，拴住了我的脚，我都走过去了，又倒退回来，迟疑着迈进了院门。

说"迈"并不是事实，因为大门的门槛已经没有了，宽而深的门洞里古老的石板袒露着，被无数双脚磨得光可鉴人，上有四个门簪，下有一对石鼓，歪斜的门板朱漆斑驳，其中一扇还留着六角形花边门钹。这是一座典型的广亮大门，京城里除皇宫王府外，这种大门是最高等级。走进去，影壁被堆积的杂物遮挡着，垂花门幸好还在，屋顶是一殿一卷，前檐两端垂下裂了缝的莲花柱头，檐下有透雕蔷草花板，雀替上的苏式彩绘隐约可见。这一切都被茂盛的爬墙虎覆盖着，不走到近前是看不见的。攀在垂花门上的爬墙虎吸饱了雨水，肥肥的，在太阳下绿得鲜艳夺目，生机迸发，像元气十足的孩子，喊着唱着让人看他。刚才我的余光就是被它勾了一下。衰败的院落把这一蓬青草衬得阳气淋漓，这一蓬青草把危墙残门衬得黯然神伤。奇特的是，两相映照，生出一种异样的气氛：这个院子似是人间，又非人间；似在今生，又如前世。我好像看见一个迟暮的美人徘徊独立，好像听见一个声音从开裂的柱子、从缺损的石阶下、从野草丛生的瓦垄间袅袅飘出："原来姹紫嫣红开遍，似这般都付与断井颓垣。良辰美景奈何天，便赏心乐事谁家院……"

风吹过，垂花门上的爬墙虎起了一波涟漪。没有美人，没有仙乐，但曾经的赏心乐事确是有过的。京城是文人墨客的渊薮，蛰居在一个个绿树掩映的院子里，信笔游走时就会为四合院立传，写下自己的浮生六记。这里的赏心乐事被许许多多支笔描述过，许许多多的情感顺着笔尖涓涓地流淌下来，把院子里发生过的柴米油盐的日子洗了一遍，这日子就不再是油盐柴米的简单重复，多出了几分弦外之音。在他们的体验中，亘古不变的春夏秋冬时序流迁在四合院里都别有一番情致。

冬日。彤云低垂，晚来酿雪。塞北的风打着骇人的呼哨长驱直入。东华门下，小胡同里静悄悄的。俞平伯独坐斗室，没有上灯烛，屋子里却并不暗，顶棚（天花板）上糊裱着银花纸，窗户上糊的是新衣裳一样白得透亮的东昌纸，北风吹来，窗纸簌簌。屋里一只白泥火炉，天色越暗，炉火越红，照人须眉。映在窗纸上，比月色还多了些静穆和凄清。斗室中，一颗心时而走得很远很远，时而又回到炉火旁。

书斋中人的欢喜，一在空冥的禅意，一在人世的暖意。同样喜欢体悟这瓦屋纸窗、围炉而坐的情趣的还有鲁迅。1912年立冬这天，他在日记里写道："又购一小白泥炉，炽炭少许，置室中，时时看之，颇忘旅人之苦。"十多年来单身在外，"走异路，逃异地"，刚刚来到京城供职，"终日枯坐，极无聊赖"的鲁迅此时正在迷茫中，心里的苦寒可想而知，自然更看重这一炉火给他的慰藉。

雪洋洋洒洒从天而降，白塔披上银袍，乌鸦闹雪，聒噪着飞到琼岛的树林中。住在未英胡同的张恨水穿着薄棉袍，在侍弄案头的一盆晚菊，要把它调弄到可以"上画"。白铁皮围着的炉子上坐着一壶水，壶嘴喷着水汽，火苗舔着壶底，不一会儿就发出响声，听得人不知有多惬意，难怪古人谓之曰"瓶笙"。风雪漫天，从胡同深处传来一声迟缓沉闷的吆喝："硬面——饽饽"。这声音像一滴墨，掉进去，让夜色更浓。

卖羊头肉的挎着荆条筐、提着马灯顺着胡同晃了过来。三两声吆喝，招出一个人。内务部街一座高台阶宅院的大门吱嘎一响，走出了梁实秋，刚从被窝里爬出来，冷风吹得他一哆嗦。把小贩唤进门洞，自己坐在懒凳上，看他抽出一把雪亮的薄刀，在马灯下片羊脸子。梁家的门洞有一间房那么大，两扇黑漆门，门上有光亮的白铜大门环，门框上挂着小木牌，上面写着"积善堂梁"四个字。那时像样的人家有堂号：三槐堂王，百忍堂张。从前梁家的大门白天永远敞着，门洞里左右各放一条披麻油黑漆长木凳，任谁都可以进来歇歇脚。直到1912年世道更乱了大门才关上。小贩把羊脸子片得飞薄，又取出一只

影壁心吉祥图案

蒙着纱布的牛角，撒上椒盐。梁实秋付了钱，托着一盘羊头肉重又钻进被窝。抗战八年，漂泊异乡，多少次痴想北平的羊头肉，今夜如愿，在枕上一片一片放进嘴里，然后满足地沉沉睡去。

梦里一片洁白。雪花似有声似无声从天空筛将下来，梁家的孩子们欢叫着："天地一笼统，井上黑窟窿。黑狗身上白，白狗身上肿。"大年三十了，年货已经备齐，白云观定好的蜜供，祭祖用的苹果干果，屋里供养的水仙，满缸的馒头，满缸的腌白菜，满缸的咸菜疙瘩。地上铺满了芝麻秸，前庭后院挂满了宫灯纱灯牛角灯。在大人的带领下，梁家十一个兄弟姐妹齐齐来到厅堂祭祖。香烟缭绕中，画像上的曾祖高祖有的撇嘴微笑，有的金刚怒目，孝子贤孙叩头如捣蒜，小孩子哪里顾得上慎终追远，只想着赶紧撤了供品好吃年夜饭。吃完了鸡鸭鱼肉煮饽饽（饺子），每人分一包杂拌儿（蜜饯），打着灯笼来到大门外，贴春联，放花炮。梁家规矩严，平日禁赌，有一次梁实秋问父亲麻将怎么打，父亲立即正色道：想打麻将吗？到八大胡同去！吓得他不敢吱声。只有过年开禁，也只是大人的游戏。夜深了，孩子们去给长辈请安，得了压岁钱，算是辞了旧岁。

天亮后，换上新衣裳，喜欢热闹的奔厂甸，浑身穿得像个簇新的棉花包，流着鼻涕，举着五六尺长、粘了一层沙尘的糖葫芦东游西逛。梁实秋从小喜欢清静，留在自家院儿里放风筝。隔年的风筝放着不吉利，所以年前就在二郎庙旁的"风筝于"家买了新的大沙燕儿。他一手扶着长竹竿把风筝挑起，一手握着线桃子，看着风筝御风而起，直上碧霄，尽管冻得涕泗横流，也好开心，圆了个远走高飞的梦。

春来。"袅晴丝吹来闲庭院，摇漾春如线"。京城北地，春急，春短，一不留神就会错过。偏偏这里人爱花，过了清明，尽管还时不时刮起黄沙，却顾不了这许多，忙忙地翻出花种，刨地松土。一冬枯索，巴不得看到些鲜亮的东西。几番造化抚慰，四合院里便是风情万种了。

炒豆胡同里有僧格林沁的府邸。清室退位，国都南迁，后人变卖了家产，被朱家溍①家买下来。朱家的老宅原在东交民巷，庚子年那里是是非之地，义和团怀疑这大户人家里有洋人，屡屡盘查；洋人又认定里面藏着拳匪，一把火烧成灰烬。之后二十年朱家未置房产，租过左宗棠宅、婉容宅。买下僧府后，安稳下来，又有了闲情。院子大，春天里因地栽下各色花草，待一天天长成了气候，主人风雅，为花木取"八景"之名。上房阶前两棵太平花，名"太平双瑞"，花下多白色菌菇，名"玉芝呈祥"，一架葫芦棚，曰"壶中天地"，两棵丁香，名"香雪春风"，甬道两侧植紫牵牛，名"紫云绕径"……真真不亦乐乎。

丁香也算是京城人家的宅树，一进四月，大大小小的胡同里弥漫着它的香气。鲁迅买下阜成门里的小院，便种下了两棵丁香。本是灌木，而今已长得高过了房子，荫蔽了整个院子，树根像大乔木似的拱出了地面。主人已离去多年，老树的气势依旧这么旺。鲁迅曾把这院儿里的书房叫作"绿林书屋"，且

---

① 朱家溍，原故宫博物院研究员，文物家，史学家。

不管其立意，就看这绿森森的院子，真是形似神似。

牵牛虽是草花，却有人独爱。京城里要数梅家的牵牛最盛。清晨，紫蓝粉白各色"朝颜"①绽放，迎着早起的梅兰芳，伴他练嗓、习武。自幼爱花，无奈家境贫寒，梅家的房子越住越小，一家人的心思都放在糊口上。直到他二十岁成了名，才在南城芦草园买下四合院，有了栽花种草的心气儿。这些牵牛是他特意种的。这花儿本色，勤勉，皮实。梨园行中人，德是根基，勤是本分，梅兰芳是守得住的人，与这花儿息息相通。

带着草香泥香的牵牛花引来了齐白石。逢梅家牵牛花开，他都要来观赏，并欣然提笔，画了一套牵牛信笺。这卑微的草花或许让湘潭星斗塘的木匠想起了什么。五十三岁来京之前，齐白石大部分的光阴都贪恋着故乡的一山一水，一草一木，梅公祠的二十里梅花，星斗塘的五里荷花，茹家冲上百年的枫树林，寄萍堂前他和儿子栽种的几十棵梨树，都是他难以割舍的挚爱。对于一个农民的儿子、一个画家来说，它们不是长在地里，是长在他的身体里。民国八年，他艰难地做出移居北京的决定，走时正是三月，梨花似雪，那日春雨如酥，满园惆怅，齐白石简直迈不动步了。后来他回忆道："过黄河时，乃幻想曰，安得手有嬴氏赶山鞭②，将一家草木，过此桥耶！"

1926 年，在北京寄居了十年的齐白石终于下决心将故乡放下，花两千银元买下了跨车胡同的一座蛮子门三合院儿，这时他已经六十二岁了。在小院儿里，他不种花儿不种朵儿，别出

---

① 朝颜，日本对牵牛花的称谓。
② 嬴氏指秦始皇，传说他有赶山鞭，可以将大山赶到东海里。

阜成门宫门口二条鲁迅故居

心裁种瓜种豆，养鸡养猫，养鱼养虾，架上吊着丝瓜豆角，畦里是绿中透红的苋菜，鸡啄米，虾戏水，一派农家景致。这些个活物儿又走进了他的画里，下里巴人和阳春白雪之间没有鸿沟。他讲过一句再普通不过的话，"说话要说人家听得懂的话，画画要画人家看见过的东西"。有时候他考儿女：丝瓜的蔓是左旋还是右旋？儿女被问住，老人得意地笑了。"弃我去者昨日之日不可留"，既如此，就把心安放在这小院儿里吧。

1955 年，政府特意为他寻下一座清代官僚的四合院，院落宽敞，游廊环绕，还有一块刻着"紫气东来"的砖雕。可是老人住了几日，竟噩梦连连，忙又搬回了跨车胡同。到底是农夫野老，享不了紫气的福，断了地气却是万万不能的。

过了谷雨，春天就快走了，胡同里的卖花人姗姗来迟，唱歌般吆喝着："花儿唻，玫瑰花，赛牡丹唻，杨妃唻，芍药花儿——"唱得香风阵阵。四合院里的万紫千红不仅是杜丽娘吟唱的风花雪月，而且也是寻常人家过日子的柴米油盐。春天里百草萌发，应接不暇。梁家后院的花椒树发芽了，正好掐下来烹鱼；香椿发芽了，拌面条拌豆腐；四月里紫藤花开，采了交给饽饽铺（点心店铺）做藤萝饼；五月玫瑰花开，又吃玫瑰饼。暮春时榆树开花结荚，长出了一团一簇的榆钱，待榆荚雨落，洗净和上棒子面，上灶蒸熟，淋上酱油麻油，撒上葱花，梁家主仆每人端一碗榆钱糕，聚在院儿里吃，仆人吃完，给梁实秋的祖父母请安道谢，退下，像是一种仪式。梁家祖辈也是白手起家，吃这种草民的粗食有种特别的意味。

夏日。赤日炎炎。大门外丁零一响，是冰盏（两个小铜碗）

悦耳的声音。孩子们夺门而出，小贩的挑子上有玻璃粉，山楂酪，果子干，都是解暑的。胡同那头儿又过来个招人的，挎着竹篮，里头用猪尾巴草压着蜻蜓、蝴蝶、知了、天牛，篮子上插着苇梢或是野花，一走一晃悠。

这时节梁家的厨子又忙起来。头伏饺子二伏面，北京人是吃炸酱面长大的。厨子光着膀子大展拳脚，把面条抻得滴溜溜转，四色面码一样不能少：掐菜、黄瓜丝、萝卜缨、芹菜末。梁实秋辞乡后，把故乡的饮食回味了个遍。读"雅舍谈吃"，只看见满纸的"北平""北平"，说了那么多道饭菜，其实只有一味：思乡。

到了三伏天儿，早晨一起来太阳就烤人，院儿里已经搭起了铁皮天棚，这样东西厢房就晒不着了。"天棚鱼缸石榴树，先生肥狗胖丫头"，不知谁是这句话的始作俑者，透着一股子知足，此生别无他求。

也有不搭天棚的。国都南迁后，很多人离开了北平，大量四合院闲置，杂草丛生，鼠兔出没，吃瓦片儿的（靠出租房子谋生的人）经营惨淡，花不了多少钱就可以租到大院子。张恨水喜欢宽敞，租的房院子套着院子。搬过来不久，有次陪客人转悠，竟然在自家院儿里迷了路。张家院儿里有棵二百岁的老槐，撑起一把硕大的凉伞，碧油油的满院儿生风。当然也少不了石榴树、夹竹桃、金鱼缸。院子大，有的地方什么也不种，只半亩青苔由它自生自灭。一入夏，各屋的门上垂下竹帘子，窗户上换了京南机织的单股细纱冷布，外面的绿意便渗进屋子，心里顿生清凉。入夜，流萤点点，一家人坐在树下，大人摇着蒲扇，孩子们齐声念起歌谣："好热天儿，搭竹帘儿，有个妞儿哄着我玩儿。穿着一件红坎肩儿，梳油头，别玉簪，左手拿着个小花篮儿，右手拿着栀子枝莲茉莉串儿。"

说笑中，冰在井里的西瓜吃了，喷香的茉莉花茶没味儿了，书房里的张恨水也写乏了。掀开竹帘，残月疏星，风露满天。胡同里串街的盲艺人奏着胡琴弦子鼓板，唱着曲儿幽幽走过，触动了写书人，听者若有所思。夜深沉。

秋至。早晨，很高很高的青天，群鸽一圈一圈地旋着，鸽哨声由远及近，由强渐弱，反反复复，把古城唱醉了。梅兰芳的凤头，程砚秋的墨环，百多只名种鸽子在天上舞着。四合院里，有两双眼睛始终追逐着忽上忽下、忽隐忽现的鸽群，为的是站在舞台上的那一刻，眼神动若流波。

碧云天，黄叶地，西山的枫叶红了，陶然亭的芦花白了，院子里的枣树缀满了熟透的枣子。从树叶缝隙钻下来的阳光一根一根的，都像金丝一样，那么透亮。与阳光有一比的还有满城的菊花。这个季节，天高气爽，人心里舒坦，小门小户也要买几盆"足朵儿的"摆在窗台上，金黄黄的，提神儿。那时候人的衣食住行跟着时令亦步亦趋，时令招呼着人，人呼应着时令，亲密而富有诗意。丰富胡同的大椿树下，翻出一个蝎子尾清水脊小门楼，进了门，还没转过木影壁，就会闻到阵阵菊香。小院儿里摆着上百盆菊花，赏菊的客人啧啧赞叹，那个操一口地道北京话的是主人老舍。赏菊之后酒热蟹肥，宾主尽欢，压轴儿必是老舍亮一嗓子皮黄。这是小院儿每逢金秋的盛会。老舍是个恋家的人，辛酸的童年让他自十四岁离开了小杨家胡同那个破院子，再没回去住过，逃似的。之后飘蓬随风，住过的地方有百余处，都是借一方天地暂栖身，直到买下这个价值一百匹白布的小院儿，才真正有了"家"。

比起大户人家的四合院，这房子远远说不上好，和齐白石家的房子一样，都是"蒲包房，核桃砖"，就是用拳头大的砖头垒起的很厚的墙，只四个角是用整砖砌的。但是老舍爱它，把它拾掇得妥妥帖帖。自小儿看着母亲把个穷家收拾得利利索索，小碗小罐抹得一尘不染，柜门上残缺的铜活儿擦得锃亮，虽穷，也要活得体面。老太太是那种挺得起脊梁顾得住面子的旗人。在丰富胡同的小院子里，每天擦拭家具和摆设是老舍的活儿，布置客厅也是他的爱好，墙上总挂着几幅国画，隔一段时间换一批，花瓶里鲜花不断，果盘里永远有时令的果子，为的不是吃，是看。

秋天果子花样最多，晚上，隆福寺、白塔寺、荷花市场都有果子市，离老远就听见吆喝，"甜葡萄嘞——枣儿枣，没虫儿的！"买卖人也风雅，摊子上摆一只大搪瓷缸，里面插着一大把雪白的玉簪花，一张张包果子的荷叶擦得干干净净，平平展展。张恨水逛完了果子市还没尽兴，拎着荷叶包招手叫车，又奔了琉璃厂。南纸店，墨盒店，书摊，古董店，直逛到二更，借一天星光信步往家返。"酱牛肉——"苍老的吆喝声，那是一个总在此处叫卖的上了年纪的小贩，出身绿林，已洗手不干了。更夫敲着梆子走来，一只灯笼，两条瘦影，剥剥，砰砰。

拐进胡同，便看见老槐树黑巍巍的影子，树叶萧萧，草尖瑟瑟，墙根儿下秋虫唧唧然，泠泠然，一二分钟一阕。抗战时在西南大后方避难的张恨水忆起这个秋夜，笔端沉甸甸地写道："我念此老人，我念此槐树，我念那满天星斗。"

郁达夫在北京的一个小院儿里过了一秋，得出一个见解：秋在南方，色彩不浓，回味不隽，变化不易察，节奏不鲜明。而北京的秋天，秋雨下得有味，秋风刮得像样，秋叶变色透彻，秋虫唱得凄凉。因此非在北方，才感受得到秋的深味，才能明白为什么古今文人极爱吟哦这个"秋"字，才更能体味人生的况味。所以，他愿意把"寿命的三分之二折去"，留住这北国的秋天。

郁达夫、张恨水、齐白石、俞平伯他们都是南方人，却与北京结下了这么深的缘分，张恨水曾用"苦念北平"这样的字眼表达思恋之切。不止他们，历史上还有两个南方人对北京的感情非同寻常，一个是江西人熊梦祥，元朝的一个小官吏；一个是浙江人朱彝尊，清代的大学者。他们定居北京后，对这片土地上的风土人情产生了浓厚的兴趣，于是白日里四处寻访，夜晚埋头于青灯黄卷，熊梦祥写出了《析津志》，这是北京第一部地方志专著；朱彝尊编纂了《日下旧闻》四十二卷，集北京历史地理之大成。两个人把北京的学问做到家了。直到今天，当我们想找寻过去的足迹时，还要提着这两盏灯，去照亮挂着蛛网的历史的库房。

把他乡当故乡的南方人如此，何况老舍、梁实秋这些生在北京长在北京的原住民呢。读着他们留下来的文字，分明感觉到，他们住在北京又远去他乡也好，他们今生来过又渡往彼岸也罢，他们的魂魄一直没离开古城的四合院。也许，院子里的良辰美景赏心乐事还在另一个世界里继续着。

四合院这种民居形式在中国广袤的大地上比比皆是，南北都有，江南的"四水归堂"、西南的"一颗印"、大理的"三坊一照壁"都在这个体系中。差异也有，山西的四合院纵长横短，徽州的四合院纵短横长；大理民居的正房坐西朝东，大门开在东北，北京的正房坐北朝南，院门开在东南角"巽"卦的位置，皆因地势、气候、光照、风向不同而来，但轮廓形制大体相似。

而北京的四合院又与山西四合院有着明显的姻亲关系。元末明初，徐达率领大军破了北京城，他发现这座前朝都城的人口已因战争、瘟疫、饥荒遭到灭顶之灾，所剩无几。如此稀疏，如此荒凉，离漠南又那么近，是很危险的。徐达立刻奏请将山后六州之民迁到北平来。朱元璋准奏，于是大同、朔州、应州、蔚州、归化州、保安州（即今大同周边、雁北、张家口、呼和浩特一带）的住民被强行迁徙，一路血泪来到北京，重建家园。他们把对故土的怀念和依恋砌在墙里，铺在屋顶，刻在门上，让房子凝固记忆，传承记忆。

山西的四合院用梁思成的话说是"外雄内秀"，因靠近边塞，所以重防御，外墙高耸，院落封闭，一水儿的灰墙，古朴沉重，院子狭长，逼仄压抑。天高皇帝远，装饰上往往逾制，雕龙刻凤，还有明显的斗拱。当移民们到了北京，掸掉一身风尘，慢慢习惯了这方水土，再盖的房子就变了味道，防卫感减弱了，心态平和许多，院子加宽，平缓，舒展，放松，但绝不再逾制。

北京城里，四合院的等级是最完备的，皇宫、王府、官邸、民宅都是大大小小的四合院，一级级下来，组成一个严谨庞大的封建社会建筑体系，是绝无仅有的范本。制就是礼制，是人类长大成人后给自己定下的规矩。在人类的童年，天上猛禽，地下走兽，草中虫豸，暴雨雷电，洪水奔腾，时时威胁着人类的性命，朝不保夕。恰恰是在危机四伏中，文明诞生了。有一个聪明人发明了在树上用树枝、藤条、茅草搭建小窝，"构木为巢，以避群害"，人们昼拾橡栗，暮栖木上，"而民悦之，使王天下"。这个王天下的聪明人就是有巢氏。后来人们有了石斧之类的工具，自卫能力强了，便从树上回到了地面，过着半穴居的生活。接着又一步步往上走，摆脱了"茅茨土阶"，出现了地面居室。开始，人们搭的房子随心所欲，圆形，椭圆形，四边形，不规则形，经过了漫长的筛选，最后人们一致选择了方形或长方形。陕西岐山出土的西周建筑群有四面围墙，两进院落，院子里有中轴线，影壁，檐廊环绕，祖庙、堂室、厢房各在其位，已然是一个形态完备规整的四合院。

到了春秋战国，瓦有了，砖有了，漆器有了，丝帛有了，匠人可以制造出精美的陶器、玉盏、铜灯，一座房子从架木砌砖覆瓦到屋内陈设，全齐备了。物质的飞跃促使人们头脑洞开，远古的圣人指点人们在哪里住，为身体找到安居之处，后继的哲人规范了人们怎么住，为精神找到栖息之所——这就是礼制。

人类文明的清晨，当华夏大地上出现了一座座房屋，渐渐连成排连成片，高低错落鳞次栉比，先哲们就意识到，要在这片房子的丛林肆意疯长之前，在另一个空间构建起一栋大厦，它的基本框架是理性，以理性限制欲望，克制本能，规范行为。"礼，经国家，定社稷，序民人，利后嗣者也。"《左传》给"礼"的定义是把它当成了大梁，没有它，华夏的大房子就要坍塌。

于是，一系列标准尺寸出笼了：《礼记·礼器》："天子之堂九尺，诸侯七尺，大夫五尺，士三尺（指台基的高度）"；《春秋·谷梁传》："楹（柱子），天子丹，诸侯黝（黑色），大夫苍（青色），士黄"；《管子·立政》："饮食有量，衣服有制，宫室有度，六畜人徒有数，舟车陈器有禁"；《明史》："庶民庐舍不过三间五架，不许用斗拱，饰彩色"，官民房屋"不许雕刻帝后、圣贤人物及日月、龙凤、狻猊、麒麟、犀、象之形"，官员营造房屋，不许歇山转角及绘藻井；《大清会典》：亲王府"凡房庑楼屋均丹楹朱户"，"梁栋贴金，绘五爪金龙及各色花草"，下层官员、庶民"梁栋许画五彩杂花，柱用素油，门用黑饰"……

中国古建筑是一个封闭的体系，几千年下来变化不大，先哲们构建的礼制的大厦千年不倒，高居于本源地位的观念源远流长。北京居五朝古都，天子脚下，这里的四合院要比别处的受到更严格的制约，有着更深的礼制的烙印。

"礼"不仅是个概念，不仅在纸上、典籍里，礼是诸事之本，它融化在诸事之中，融化在日常生活中。"藏礼于器"，器中见礼。站在北京四合院的大门外，先看有没有一字或八字形外影壁，只有王府或等级高的广亮大门外才有；再登上台阶看大门，从门洞的深浅、门的宽窄就可分辨等级，门前不能随便摆放石狮，上马石也是等级的象征。有功名的门前立一对石鼓。门钹也有讲究，王府是铜质椒图，官宅是铜质六角花，平头百姓是铁质的。

走进院子，中轴线上是正房，三开间，作为民宅，不管你有多少钱财，只能如此。正房的地基、屋顶高于东西厢房，厢房的面宽、进深、高度都不及正房。正房住着最高辈分的长者，长子住东厢房，次子住西厢房，东厢房屋顶略高于西厢房。未出嫁的女儿住后罩房，客厅在前院倒座房，隔着二门，看不见里面的女眷。

民宅屋顶是硬山清水脊，不能放置走兽，用仰瓦和覆瓦，不许用筒瓦，外露的木构件上凡有彩绘的地方，绘苏式彩画，皇宫绘和玺彩画，王府绘旋子彩画，题材图案皆不同。

这就是尊卑有序，上下有别，宫室有度。

清朝时贵胄权臣争相购置大宅邸，奢靡成风，但基本的规制也还要遵守，否则一旦查处，就是罪状之一。一般人家更是不得越雷池。

四合院里里外外上上下下都藏着"礼"，从三千年前陕西岐山凤雏村最早的四合院到河北安平汉画像石上的四合院，从北京后英房胡同的元代四合院到东城西城留存至今的明清四合院，是一脉相承。当一个个天子风流云散，成王败寇无一例外被岁月的潮汐卷走，甚至那栋先哲筑起的大厦也呼啦啦倾倒，这一城房屋，这一砖一瓦就成了文明演进的证明。

走在胡同里，两边一律灰墙灰瓦，既没有徽州粉墙黛瓦的秀雅，也没有大理民居飞檐翘角的灵动，所有的院子都是封闭内敛的。上世纪 50 年代初统计过，北京四合院占全市建筑总面积的百分之九十。这么一大片灰蒙蒙的房子，大院套小院的固定模式，看起来的确单调乏味。瑞典学者喜仁龙曾把这种情景比作波涛起伏却静止不动、好像中了魔法的灰蒙蒙的大海。

北京的四合院如果仅此而已，就是"质胜文则野"了。风土决定了它的形态，礼制束缚了它的规格，帝王为了显示自己的金碧辉煌压抑了它的色彩。它不能僭越，那是要抄家杀头的，历朝都有前车之鉴；它不肯张扬，像南方有些宅子极尽奢华铺张，那就是"文胜质则史"了。位居教化的中心，它要表现出"文质彬彬"的君子气度，它要表现出经过了主流思想陶冶的正统风范，它还要表达一个族群祖祖辈辈的愿望，普世的价值观。那怎么办呢？

且看它的细部。再次站在四合院的大门外，来看一座如意门。这种门式品级不高，数量很多，有钱无官的人家不敢建大门楼，就在门楣上大做文章，既显富贵，又不越制。抬头看，房檐下两端各有两个斜面砖，叫戗檐，上半部雕着狮子绣球，小狮子耳朵上的毛都刻了出来，一双滴溜溜的眼睛天真大胆地瞪着你。中间三层花纹过渡，下半部雕富贵牡丹大花篮，篮子里插满花卉，三绺饱满的穗子垂到门两边，穗子旁一左一右是蝙蝠和如意。门楣中央从左到右从上到下刻满砖雕，分几层，最上面是博古纹样，有瓶、鼎、炉、几，框着它们的花边如木雕家具一样精细，看上去与书房里的博古架并无二致。接着是五层不同式样的几何、花草边饰，最下面是一道宽宽的祥云，恰好落在门框上。两个六角形门簪上是蓝底贴金"平安"二字，门槛两边各竖着长方形石门墩，刻着或卷曲或盛开的花草。在广亮门、金柱门这种等级高的大门山墙内，两侧廊心墙还往往雕着鹤鹿同春、梅兰竹菊、文房四宝等图案，这类门楼高大，所以砖雕像画轴一样悬挂在大门两侧，很是气派，有的上方还有题额，刻着"存仁""蕴秀"字样。门旁立的是石鼓，上面的浮雕又是千姿百态。所有的石雕砖雕因材料限制都是灰色的，这也正符合制度的要求。虽然被礼制的灰色震慑着，但是砖石里的花鸟鱼虫飞禽走兽无不精致，无不灵动，仿佛只要有一根神指轻轻一点，顿时便是梅兰齐芳，狮奔鹤舞，呦呦鹿鸣。

站在这样的大门外你会怎样？还记得我的感受。也是偶然路过，走过去又退回来，站定，先是东一眼西一眼不知该往哪儿看好，乱扫了几遍，定下神，有次序地上下左右看了一遍，再看一遍，忍不住啧啧出声。路人见我对着门发痴，也抬眼睃巡，莫名其妙。还有一次我从廊心墙、门楣、石鼓一路看下去，进了大门又进二门，一老妇见有闲人，面露敌意，抄起扫帚扫院子，她步步逼近，我连连后退，这才知晓何谓扫地出门。

尽管屡做讨嫌狗，但这门不能不进。进大门，迎面是影壁。按照风水堪舆的理念，这道影壁不可或缺，既藏风聚气，又抵挡煞气。影壁墙砌得最上心，磨砖对缝，细腻光亮。影壁的中心盒子刻字，"鸿禧""吉祥"是常见的，梁实秋家的影

东棉花胡同 15 号拱门

壁镂着"戬穀"二字，出自《诗经》，在这里有福禄之意。也有的雕凿团花，四个岔角有呼应的花卉，其他地方留白。影壁前面置一缸荷叶或是莞草。灰影壁，绿叶子，古老的汉字，给人的感觉是端丽，静美。如果你被大门外繁复的图案热闹了一下，看到影壁会觉一阵清凉。

再往里，是垂花门，又是个热闹非常的所在。垂花门是四合院的华彩乐章，乐曲演奏到这里，旋律变得格外华美，乐师争相炫技。中国古建筑的构件、装饰手法、工匠技能林林总总在这里会集。身份显赫的主人自不必说，地位不高的主人在大门外不得不收敛，强忍着，进到院子里头可就要尽一尽兴了。垂花门居中轴线上，一殿一卷的屋顶，小巧的一间，每个瓦当和滴水上都刻着福、寿、喜字纹或同心结、花草纹，檐下露出的每根椽头都描上金色的卍字，梁的两头各有一根悬空短柱，雕成莲花花苞，再描红着绿，垂花门因此得名。檐枋上绘苏式彩画，半圆形的"包袱"心里画着青山绿水，亭台楼阁，也有戏文故事，两旁的找头是四季花卉、祥云、水藻、古币、铜鼎，以青绿色为主。檐枋下的花板、枋柱间的雀替用透雕法雕满缠绕的花朵枝蔓，再饰以颜色。门槛两侧也像大门一样，各竖一门墩，雕着广寒玉兔，麒麟卧松。一座垂花门，就是中国古代洛可可风格的缩影。

中国古代的思想家们对住宅居室是否需要美化是有分歧的，墨子是旗帜鲜明的反对者，他认为宅室只要能避潮湿，御风寒，挡雪霜雨露，宫墙之高足以别男女，"谨此则止"。法家也是反对者，认为那样"乱法"，会有损政治统治。道家主张见素抱朴，少私寡欲，返璞归真，人为的装饰是多余的。只有儒家提倡美，但是儒家的审美价值与政治伦理价值是统一的，单纯地过度地追求美，是非礼之举。文以载道，明清两代留下的四合院里的"美"是经过了教化的"美"，礼教在这里温柔地转身，以另一种姿态随风潜入夜，润化着深深庭院。人盖起了四合院，四合院又反过来塑造人。

大门外是雕梁，大门里是画栋，中间是素雅庄重的影壁，乐曲起起伏伏，乐章各有各的调式，但是主旋律是不变的。这个主旋律主宰着一个院子，一条胡同，一座城市。四合院的装饰部分是程式化的，从皇帝到庶民，从四合院的主人到手握刀凿的工匠，经过了几朝几代的筛选，共同选择了一系列图案，用象形、会意、谐音等手法，表达了一个族群在现世的诉求，屋檐下墙头上门楣门窗全是心思，全是兴致勃勃过日子的念头。结庐在人境，他们有同样的快乐：子孙满堂，马上封侯，连理同心，耕读传家；他们有同样的心愿：四季平安，福寿绵绵，万事如意；他们也有同样的恐惧，所以门前要有狮子、石敢当，门上要贴门神，门里要有影壁。有了这一切，就有了活在人间的凭依。长年累月住在这里，不用谁教，自然就会知道应该追求什么，向往什么，约束什么，忌惮什么。几百年下来，这些图案就成了有特定意义的符号，通过它们，人们彼此互相辨识，互相认同，哪怕隔着万水千山，哪怕三十年干戈，三十年玉帛，总有凝聚的一天。

如果说礼制打造了一个安居的框架，一个超稳定结构，那么这些寄寓着情感的砖石木雕彩画就是一个血肉之躯活着的理由。人生多艰，旦夕祸福，聚散无常。漫漫长路，没有一个理由，怎么走下去？正因如此，这些经典的图案便成了这个族群的基因，一代代沉淀下来，一代代传承下去。人们曾经想把它割断，不料竟是徒劳。时至今日，四合院被拆了，留下的也面目全非，门槛被锯掉，影壁成了小厨房的山墙，抄手游廊被包进了屋子里，花园的亭子四面加墙，正好在里面生儿育女。齐白石家的胡同没了，只剩下齐家一座小院儿，门牌是13号，上不着天下不着地，被高楼包围着，似井底之蛙，说不出道不尽的孤独。临街的墙上钉着个白纸板，写着"跨车胡同"四个字，像倔犟的湘人，硬挺着不肯低头服软，可无论如何都让人唏嘘。四合院有自己的生态环境，这环境就是它的地气。白石老人的小院儿最终还是断了地气。

都断了，基因割不断，都变了，基因变不了。那些为几辈人所熟悉的图案和特定的语汇还活在四合院后人的生活里，活在新妇的一支发簪上，活在奶奶的对襟棉袄上，活在过年的春联里，活在一句祝福里。

图案里藏着基因密码，文字更是显而易见。四合院大门上的文字都是有来处的。比如堂号，"积善堂梁"，出自《易经》"积善之家必有余庆"；"三槐堂王"表示这是极古老的一个望族的后裔；有的人家门簪上刻着"元亨利贞"，这是乾卦的卦辞，后来引申为"天之四德"。至于门上的对联，也有固定的模式。这对联不是春联，春联年年换，而刻在门上的对联地位相当于祖训、家训。我常常经过白塔寺附近的一个小院儿，是个等级

赵登禹路一户人家门上的对联

最低的小门楼，随墙开，没有门洞，也没什么装饰，窄窄的，两扇黑门，门板中间漆着红心，上面镌刻着一副对联："润深思孔学，德化仰尧天"。黑字，正楷，形体方正，笔画平直有力。字很大，与这个窄小的门不相称，所以隔着公交车的玻璃窗我一眼就看见了。车子很快驶过去了，我琢磨着这副对联，在脑子里搜寻，21世纪的世界，还有哪个国家的百姓会在自家的大门上秉笔书写出对几千年前圣贤的追慕。有了这第一次的慨叹，之后就总见面，慢慢就觉得它的出现很自然。在这片土地上，如果哪儿都见不到它的影子，那就是出大事了。东城有一条明代就存在的胡同，叫土儿胡同，胡同里有个小巧的如意门，门上就刻着这副对联。主人说，上世纪30年代他的长辈买下这座院子时，这副对联就在门上，他看着对联长大，如今已是耄耋之人。老一辈的北京人就是这样，与四合院里的这些文字这些图案低头不见抬头见，不知不觉地接受着潜移默化，走过了一生。也不知这门上的对联是怎么逃过的那场劫难，想来又是另一个故事了。

京城里最常见的一副对联是"忠厚传家久，诗书继世长"。梁实秋家、梅贻琦家、李少春家[1]，还有许许多多北京人家的大门上都有这副对联，一般都出现在如意门、蛮子门上。这副对联没有尊贵的出身，也没有深奥的道理，可我倒觉得它最有古意，也最亲近。每次看见这十个字，我都像看见一个人：他身着一袭长衫，戴着近视眼镜，夹着几本书，脸上是浅浅的诚

---

[1] 梅贻琦，教育家，1931年至1948年任北平清华大学校长，之后又创办了台湾新竹清华大学。李少春，京剧表演艺术家，在《野猪林》中饰林冲。

恳的笑意。他走起路来目视前方，步履稳重，不疾不徐；坐下来潜心静气，神态自若。他也许走在去往北大红楼的路上，也许正沿着琉璃厂的街道一家书店一个书摊地朝拜，也许是坐在家中的火炉旁指点小儿女描红模子。他也许是《四世同堂》里面的祁瑞宣，也许是《青春之歌》外面的张中行，也许是胡适之，也许是我的父辈。他们或虚或实，或远或近，或平凡或显赫，但是都有同一样品性：本分。本分就是有根，并且能一辈子守住这个根。那个时代的北京人是那么钟爱这副对联，把它刻在四九城的某一座城门上也不为过，它是古城的一副面孔，一种气质。这座城，堪称古，堪称大，不仅在于一串眼花缭乱的数字，这副对联应该是它更好的注释。

看见它，安稳，踏实，笃定，心平气和。

可惜，今天已经很难看到这副对联了。

市井中的白塔

　　我总觉得自己没有故乡，尽管我从出生那一天起就一直住在这座城市里。小时候从书里认识了"故乡"这两个字，同时也认识了与这两个字连在一起的景物：故乡的小河，故乡的老屋，故乡的大树——总是这样，它们总是手挽着手一同出现在这本或那本书里，出现在歌里画里诗里。后来又知道了"故乡"的另一重意思，它和心灵的安顿有关。我落脚的这座城市除了个别的标本保存下来，早已没了老屋，老屋都拆了；没有老树，老树都砍了；没有小河，只留下当年小河的蛛丝马迹：几条叫作南河沿、北河沿的街道。它变得飞快，快得土生土长的我都不认识它；它长得飞快，如饕餮之徒无休止地吞食着周边的土地，越变越大，大得让人抓不住头绪。它和人很近，身居其中的人都知道它的底细，真实得只剩下家常的琐细的感觉；它又和人很远，大部分人与它的风光无限没有关系，游离其外。住在这样一个奇怪的地方，自然不可能把心安顿在这里。所以总想往外跑，下意识地到外面去寻找那个叫"故乡"的东西，似乎没有它就过不好，可能是一种返祖现象吧。每寻到一处田园牧歌的真实版，都喜欢极了，但又觉得少了点什么，自己也不甚明白。

就这么过下去。有一天，半日得闲，心里一动，想去看看我出生的那个院落——它属于幸存的标本，离我现在的住处只有两站地，却从未回去过，就上路了。这一天想来是神明眷顾到我了，不然何出此念？世上没来由的事其实是事出有因的。

我出生在城西，在这里长到七岁。走进那条胡同，一个门一个门细数，眼里看见的和心里看见的不一样。这是那个小伙伴的家，一个特别娇气的女孩子，皮肤白得透明，冬天的早上总是赖床，我找她上学时天天要等在她床边看着她奶奶给她穿衣服，递尿盆，我被炉火的暖气和尿臊气熏得昏昏欲睡。这是外婆教书的小学，门上挂着某某公司的牌子，可是我还闻得见当年学校大门口蓬蓬勃勃的草茉莉的芳香。这是那个大人物的家。几十年前他家里就有滑梯，我去那个白丁香盛开的院子玩过一次。这个院子的女主人后来在乱世中自挂东南枝了。

和他家一墙之隔，就是我出生的院落。蹑手蹑脚迈进大门，迎面满满登登的房子堵住了脚——已经没有院子了，都是房子，房子盖到了鼻子尖底下。只好往后撤。后院大门紧锁，我扒着门缝往里看，看见那条夹道，我在这里种过蓖麻，梦中的我在这儿遭遇过全身绿色的妖精。找不到入口，不得不退出来。往回摸索自己的来路不是件容易的事，所以本能常常选择逃避。

我不甘心地绕着胡同转。胡同比记忆里的短了许多，转到房后，看到了从屋顶露出头来的那棵老槐树，我一眼就认出

胡同里的老槐树

它来了。它吊着去年的"铃铛",那是我们喜欢玩的东西,还有它身上的"吊死鬼",一种绿色的肉虫子。有天中午,大人们都在睡午觉,我在床上"翻饼",忽听外面有咚咚咚的响声,光着脚走出屋顺着声音找,惊讶地看见一只鸟正用嘴敲老槐树的树干。我在小人书里看到过它,它叫啄木鸟,是树的大夫。我不喜欢大夫,但对这一位例外。此刻,我仰头看着老槐树想,不知道它还认不认识我。许是我的举止甚可疑,有居住在此处的老者警惕地盯着这个徘徊的陌生人。我回过味来:我是这槐树下老去的小孩。

我想起另一棵树,那是棵枣树,它就没有老槐树好命,能安享晚年。

我七岁以后,家搬到了城东。这一带胡同的名字有意思:豆瓣胡同、豆芽胡同、豆嘴胡同——嗅一嗅,能闻到一股泥土气。我问过外婆,为什么没有豆腐胡同?外婆认真地想了想,回答我,因为豆腐是人做出来的,豆瓣、豆芽、豆嘴是豆子自己长出来的。我觉得很有道理。搬家时是冬天,我没有在意院子里那棵光秃秃的枣树。日子三晃两晃,忽然有一天发现树上开出了米粒大小的花。我望着密密的枣花,颇费心思地盘算秋天能吃到多少枣子。似乎有点儿多,会不会把树枝压折?一场春雨过后,地上铺了一层鹅黄嫩绿的枣花,我又开始担心吃不到枣儿了。外婆说一棵树孤单,又栽了两棵杨树。《红楼梦》里的丫鬟麝月数落杨树,说没有一丝风,它也闹个不停。真是这样,杨树像个爱唠叨的妇人。枣树倒是不寂寞了,会不会嫌耳朵根子不清净?

院子里有一块几米见方的空地,清明过后,外婆率领着我们小孩子把地翻了一遍,种上了向日葵、蓖麻、老玉米、草茉莉、指甲草。北方雨水少,地干得快,我最见不得泥土干裂,看着就渴,所以浇水的活儿就落在了我头上。傍晚是我最忙的时候,端着脸盆跑跑颠颠,像个勤劳的农妇。看到泥土吸饱了水,嗓子眼才觉得松快些。直到现在我养花总是烂根。

可能是水大了,我们种的向日葵、老玉米都瘦高瘦高的,大人们说长得像我。不管怎样,花花草草都长大了,我搬个小板凳躲在里面,蜜蜂在耳边哼哼,花荫下拱出一朵胖胖的蘑菇,我想象着自己是森林里的精灵。"好花不常开,好景不长在"。流行歌曲往往能举重若轻随随便便地点中人间的死穴,歌里唱的应验了,有人看上了这块地,砍倒了我的森林,莫名其妙地挖了一个防空洞,挖好以后,大家很快就把它忘了。神奇的是,几十年来,每隔一段时间我就会梦到这块地,我一如当年,在那儿撒种浇水,不亦乐乎,可见缘分不同寻常。感谢这个梦跟了我这么多年,它使我的森林一直平安地长在我的梦里。

在这棵枣树下我还有过一次似梦非梦的经历。一天傍晚,我兀自坐在树下看《十万个为什么》天文册,越看越着迷,天光已逝,我借着屋子里流出来的灯光,眼睛贴在书本上。但是我不想挪地方,好像只要我一动,书里讲的那些迷人的事情就会跑掉似的。看到书里说星星发出的光要以光年计,也就是

市井里的白塔

说，我现在看到的星星的光芒是几年直至百万年前发出的，而且，有可能这颗星今天已经不存在了。我大吃一惊，这太意外了！我不由自主地抬起头来，望向夜空。那时的北京街巷黯淡，夜空明净，能看到很多星星，爸爸曾经站在院子里指给我们看银河，教我们怎样找到北斗星、北极星。我望着天边遥远的星星，它们也盯着我看，这古老的星光到底来自何年何月？它们穿越了怎样漫长的路程才和今夜的我相遇？它们是活着还是已经死了？……突然，一种从来没有过的恐惧袭来，我觉得自己马上就要被什么莫名的东西吞掉，也许是这黑夜，也许是星空，也许是那个"光年"，从此无影无踪，不留一丝痕迹……来不及再细想，我腾地从小板凳上跳起来，逃也似的两步蹿进灯光明亮的屋子里，回头瞥一眼摆脱掉的黑夜，一颗心还止不住扑通扑通跳了一阵。

枣树下的华彩乐章在夏天唱响。舅舅姨妈他们从大学回来度假，夜晚，绿荫如盖，蝙蝠在屋檐下划出弧线，蛐蛐按捺不住，先在墙根下唱起来。一家人团团围坐，歌声就像月光下的草茉莉一朵接一朵地开放。他们唱了很多苏联歌曲，这些歌异常好听，好听到有点让人难过，难过了之后却更想听。受到一种说不清道不明的暗示，顺着这歌声的指引，我走进了一本本苏联小说，又在那个世界里告别了童年。

记忆中歌声最后一次在这院子里响起，是舅舅回新疆之前，离上火车只有两三个小时了，他忽然提议要教母亲一首歌，是表现新疆生活的电影《阿娜尔罕》的插曲。"我的热瓦甫琴声多么响亮，好像装上了金子做成的琴弦。"他非常热心非常坚持非常认真地教，母亲很配合地学。这两个四十多岁的人脸对脸坐在枣树下，阳光流金，绿叶明亮。我在幽暗的屋子里安静地看着，听着。我知道舅舅马上要离开故乡，一去数千里；我知道这说不上动听的歌声里盛着许许多多的心思。

后来的世道像翻滚的洪水，唱歌的人个个风雨飘摇。夏日依旧，枣树依旧，却已物是人非。院子沉寂了。

多年以后，我偶然从这一带经过，误入一条胡同，走着走着，脑子轰的一响，我陡然发现两旁的房子我全认识，脚步即刻飘了起来，像行走在前世，意识一片空白，任凭窄窄的胡同牵着、引着，把我带到了枣树下。自是相对无言。几天后，我又特意去看它，四周的房子已拆光，残垣断壁，瓦砾一地。是冬天，枣树光秃秃的，恰如我们初次见面时的模样。没了房屋院墙的遮挡，没了人家的烟火，它失魂落魄地站在废墟中，像被遗弃的孤魂。我忽然想起邢台地震的那个下午，唐山地震的那个深夜，在大地颤抖倾斜的瞬间，我们惊慌失措地夺门而逃，扑过去抱住它，本能地把性命托付给它。原来树和人在一起住久了，就成了可以依靠的家人了呀——可是此时，我除了默默作别，没有别的办法。

一年后，我又路过此地，透过公共汽车的车窗，我看见一大片簇新簇新的高楼拔地而起，豆子长出的豆芽、豆瓣、豆嘴又在何方？不由得想起那句话："时代的车轰轰地往前开，我们坐在车上，经过的也许不过是几条熟悉的街衢，可是在漫天的火光中也自惊心动魄。"没有漫天火光，风和日丽，太平盛世，却也是一惊。"生命是一惊，转眼就是华发。"

黯然走出胡同，左顾右盼踅摸汽车站，只一瞥就看到了他——站在一片鳞次栉比的房子中的白塔。从小到大接长不短地见面，从没好好打量过他。想了想便朝他走去。花二十块钱买了张门票，里面和遍布于中国的佛教寺庙相仿。我站在空旷的院子里觉得奇怪，这个身居闹市的寺庙为什么如此门庭冷落？比起城东那座香烟弥漫到马路上的庙宇，比起城外玉兰盛开、紫藤缠绕、游人如织的寺院，他好像被人遗忘了。白塔也难逃厄运。说起这座城市的白塔，人们想到的必是离他几里之遥、琼华岛上的那座，它已经成了这座城市的招牌。可这座白塔多么显眼啊，却显眼到被人们看来看去熟视无睹了。凡间的人礼佛也是势利的，哪儿的香火旺哪儿的信徒就多，人们相信那里供奉的佛比别处更灵验，更实用。

北方的春风呼啸着扫在我脸上，没有一丝杨柳柔情，凶猛强硬，把寺庙刮得更加荒凉。同样的风也吹散过七百多年来白塔下的盛宴。公元 1271 年，在马上征战了数十年、刚刚建立起王朝的元世祖忽必烈为了给自己和这座即将定为都城的城郭寻找一个支点，徜徉于太液池四周，观山水察星辰，亲自选在此处建造了最大最早的藏式佛塔。这五十多米高的巨人一身圣洁，万众瞩目。接着，又以他为中心，东西南北各射一箭，以为界至，建起了一座十六万平方米的寺院。西厢的朝天宫曾是文武百官在举国庆典之前演练的场地，当年也是仪仗浩荡，鼓乐喧天，烛火通明。哪曾想偌大一个寺院未及百岁，就被突如

白塔设计修建者尼泊尔工匠阿尼哥

其来的一场大火吞噬了，唯白塔奇迹般地幸免于难。往日的煌煌气象一夜间化为灰烬，废墟中白塔静默。白塔出世就阅尽人间春色，"眼看他起朱楼，眼看他宴宾客，眼看他楼塌了"。世上好戏连台，无穷无尽。白塔下不再出将入相，引车卖浆者流便纷至沓来。每逢初五初六，马车辚辚，人头攒攒，白塔下又喧闹起来，只是柴米油盐的吆喝替代了庙堂颂歌。再后来，繁华就变成了几张发黄的照片。

步出山门，看着满街乱跑的汽车一时茫然，不知该往哪里去。随便走几步，拐进了庙东边一条小胡同。胡同不长，瘦瘦的，似一曲元代小令。庙宇的飞檐衔着百姓的屋顶，檐角上的走兽探头探脑，似乎动了凡心，想一步跨到民房上逃走；民房上的衰草也借着风势，伸长了脖子往那边厢窥视。看着有趣，索性跟着胡同走，在白塔下绕起圈来。

白塔的风景不在寺庙里。前抄手胡同，一户院门洞开，两排房子径直贴到了白塔的脚下。从这里看，白塔像一座山，房子们团团簇簇依着他，很安心的样子。苏萝卜胡同里，突如其来跑出七八个端着玩具枪的男孩子，松鼠般地蹿着叫着，惊起了那边塔下自得其乐的鸟儿。安平巷，几个老翁老妪在背风的墙根下晒太阳，慢悠悠地责备着今年春天的懒惰，至今步履蹒跚，不肯大步走过来。白塔寺东巷，一个弹棉花的小伙子拉长声调吆喝着，这时，塔上的风铎叮当作响，小伙子的吆喝顿时变得像吟诗了。宫门口东岔，铺子一间挨着一间，刚烙好的大饼香气诱人，一车青绿的小白菜水淋淋地拉进了菜场，卤水豆腐用屉布盖着搬了出来，立刻有挎着篮子的妇人凑上去。杂货店里，一地的锅碗瓢盆，买主见缝插针站在其间，兴致勃勃地讨价还价。这条胡同就是毁于大火的朝天宫所在地，从这里能看到白塔的背面，已是斑驳一片，岁月的伤疤触目惊心。从这条胡同也能看到前朝旧事的影子，忙忙碌碌的生计顺着蜿蜒的胡同自遥远的年月流淌到今天——塔顶上的风铎又响起来，随风四散。几百年来，这天籁般的声音伴着老人入梦，伴着孩子长大，伴着婚丧嫁娶，伴着生老病死。白塔以他特殊的方式护佑着脚下的老房、老街、老树、老人，护佑着市井中的辛苦日子。胡同里的人和白塔低头不见抬头见，老街坊似的，谁都不去细究他的来历、他的含义，不知不觉间，人们已经把他的影子织进了自己的生活，这一带街市也把他织进了自己的《清明上河图》。

我在白塔下的胡同里绕了一圈又一圈，脑子里蹦出一句相传是仓央嘉措的诗："那一世，转山转水转佛塔，不为修来生，只为途中与你相遇。"我转过圣城圣湖的白塔，转过雪山草地的白塔，我把一座座白塔留在了旅途中，留在了照片里。想不到，和我结缘最早最深的白塔就在我身边，就在市井中。我把他留在心里。

最后，我又回到寺前。已是正午，大风吹散了马路上的烟尘，斜对面有一群玻璃和钢铁打造的建筑熠熠闪光。那边就是赫赫有名的金融街了。那是今天这个时代气场最旺的舞台，欧式的古典殿堂，美式的摩登大厦如众多的大亨虎踞龙蟠，不怒自威。到了夜晚，一条街的高楼灯光璀璨，晶莹剔透，似夜夜上演盛装舞会。若说白塔在胡同里像个晒太阳的老人，那站在金融街对面，他就像是位白髯飘飘、遗世独立的古人，他已经看了七百年白云苍狗，春秋轮回，还将看下去。想到白塔在我来到人世前、在我离开人世后都会稳稳地坐在那里，心里就很温暖，就有了天长地久的感觉。

谁谓河广，一苇杭之。

你站在桥上看风景

　　早春二月，站在了万宁桥上。

　　各种各样的汽车从桥上驶过，桥的拱券放大了车的声响，轰隆隆的，更衬得市面喧嚣。看着大大小小的轮子碾轧着桥面，几乎不断线，不由得想，这桥就是菩萨，七百年，担荷了多少重负，度化了多少生灵？古拙的巨石砌成的单孔桥券弯起脊背，像个面朝黄土背朝天的庄稼汉，终日沉默寡言，桥拱上石刻的吸水兽也闭着嘴不置一词。桥面的青石板被光阴磨得没有了一点棱角，在太阳下光滑如镜，青幽幽的。东西各六段古栏板风化得厉害，坑坑洼洼青筋突起，肌肤全无，只剩嶙峋的瘦骨，粗粝扎手，但有暗劲藏在里面，与新补的丰润莹白的汉白玉桥栏隔着几个世纪牵手站成一排，迎来送往。

　　桥下，河岸上东西南北各伏一只镇水石螭，一只生在元朝，三只生在明朝，几百年下来，只顾不错眼珠地盯着河水，似乎眼馋河里游弋的野鸭子，至于桥上走的是骑驴的张果老还是推车的柴王爷，不放在心上。

　　今朝风日好，向阳的柳树枝条呲着小叶片，像婴孩刚长出的乳牙；背阴的懒，小芽还趴在枝上贪睡，等待春风叫醒。人熬了一冬，已是耐不住性子了，恰逢二月二，龙抬头，万宁桥北端的火神庙早早的就香客云集，烟雾缭绕，进进出出好不热闹。水边茶馆掌柜的瞅出了什么，忙打破惯例卸下了门板，伙计们抹桌子点火烧水煮茶，候着拜完了火德真君的善男信女。

桥上的人忙忙地走，桥下的水闲闲地流。石桥已老，有人会像民歌里好事的小放牛歪着脑袋问吗：这桥"是什么人修？玉石栏杆什么人留？什么人骑驴桥上走，什么人推车轧了一趟沟？"湖水已老，有人会从倒影里辨出前世的镜花水月吗？几百年的繁华与萧条都在这水里，又都流走了。逝者如斯，痕迹杳渺。

谁能相信呢，现在看起来水波不兴的一汪小湖曾经源源不断地驶来了粮船、商船，舳舻蔽天，樯帆遮日。元代的积水潭要比现在大得多，工部郎中郭守敬西引白浮泉水从和义门（今西直门的位置）入城，东凿通惠河衔京杭大运河，贯通后的漕河里流的是金黄色的稻谷，是白花花的银子。大都城的地基不是土石夯就的，而是这一金一银铸就的。那时的积水潭水深面阔，汪汪洋洋，千舟竞入，这里成了帝国最大的码头，"川陕豪客，吴楚大贾，飞帆一苇，径抵辇下"。匠人们将通惠河与积水潭相连的咽喉之处那座小木桥拆掉，推土凿石，建起了万宁桥。秋风乍起，黄叶旋舞，忽必烈从草原避暑归来，骑马伫足桥头，望着大都城里这一大片水天一色、鸥鸟翔翩、舟楫繁忙的海子，龙颜大悦。蒙古人世代逐水草而居，与水的关系非同寻常，当即为河赐名"通惠"，并赐郭守敬一万二千缗钱（一缗为一千文），以示褒奖。

积水潭承蒙浩荡皇恩，一夜之间变了模样，原先海子边的荒村野店、萋萋古墓不见了，取而代之的是米市、面市、缎子市、铁器市、珠子市、沙刺市（珊瑚等珠宝），岸上车马杂沓，绣毂金鞍，湖上船如画楼，且歌且行。买卖人打出的各色幌子在柳条后面招摇，秋千架立起来了，勾栏里笙簧丝弦，日日舞春风。施耐庵、关汉卿、王冕、赵孟頫一干风流人物前前后后向北迤逦走来，过了万宁桥，将蛛丝马迹留在了这里。海子成了大都人的天堂，成了最繁华的"销金窝"。

时过境迁，明朝时北面的城墙南移，破坏了旧水道，海子一下老了，像老妇的面孔失去了水分，皱纹纵横，有的地方变成了湿地。见此，大明朝的皇帝想起了久远的往事。东汉时渔阳郡的太守就在狐奴山（今顺义区内）下种过水稻，之后千年来时断时续，如今何不再续前缘？

于是朱棣招南人入京耕种。嫩绿的秧苗栽出了一行行田园诗，海子上空歌声又起，不过不是歌棚舞榭里娇娃的低吟浅唱，而是农夫像太阳一样古老而明亮的歌声：春天，插秧歌"声疾似欲"，夏天，车水歌"声哀似哮"，秋天，丰收歌"声哗以嘻"。坐天下的既然换了南边的人，江南的社戏也就在这边厢唱起来。只是有一样与前朝同俗同景。元时，皇帝出行有时要乘象辇，每到农历六月，东南小国供奉的大象就要到海子来洗浴，象房就设在万宁桥附近。此为大都城一大盛景，桥上桥下站满了看客，人声鼎沸。明朝这里又成了洗御马的地方。伏天一到，湖畔搭起彩棚，御马披着彩缎在仪仗导引下缓缓走来，

万宁桥

皇帝骑的龙马更有特别的标志。

炎炎夏日，马儿在海子里惬意地享受着清凉，人当然更明白这块风水宝地的好，王公贵族纷纷在此填湖造地建宅，湖边广植桃柳，让姹紫嫣红助兴，陪衬着富丽堂皇，然后得意地将这里比作"西湖春，秦淮夏，洞庭秋"。

到了清朝，皇家索性一不做二不休，将前海的满园春色一潭碧水据为己有，关进牢笼，套上锁链，湖光山色便姓了爱新觉罗。光绪年间，有开明人士提出将什刹海建成公园，供庶民游玩。管理皇家园囿的奉宸苑回答：前海与北海只隔一道墙，若恭逢皇太后、皇上游幸北海，倘游人窥探，任意喧哗，"设若震怒，其咎归谁？"

什刹海已非昨日，万宁桥也不似当初。幸好"春在溪头荠菜花"，别处还有潺潺流水，弯弯石桥。明清时京城的百姓往西过了高粱桥，可以在西直门外长河两岸踏青；往东过了大通桥，可以在庆丰闸水边斗草，皆是高柳拥堤，风光动情思的好去处，游人以万计，簇地三四里。

仔细琢磨北京的街巷名，会发现有不少藏着一个"桥"字：白石桥，虎坊桥，甘石桥，太平桥，大、小石桥胡同，飞龙桥胡同，达智桥胡同，金水河上曾有牛郎桥和织女桥，隔着天安门，相望却不能相聚。这些街巷如今既无水也无桥，空冠个虚名，干燥的风里，北京人不经意间提到这些桥的名字，四顾茫然，下意识舔舔欲裂的嘴唇。水藏到哪里去了呢？

虽然不见水的影子，一个个有"桥"字的名字就像是先人

跨越沧桑

留下的密码，步步破译，会看到一幅幅水汽渺渺、草木润泽的画面。

辽代的南京城（即北京，辽代为陪都）雨量充沛，河网密布，契丹人以游牧狩猎为生，草地山林是这个民族的摇篮，天生就知道爱护。北京气候多受西北影响，其时，坝上草原一望无际，围场有千里松林，太行山、军都山、燕山深处林木交布，不见天日。城东面的湖泊芦草丛生，春天，水中栖居着大群的白天鹅。契丹帝后不习惯久居宫廷，常到郊外就地搭庐，放飞鹰鹘，捕到天鹅，先敬帝后，随后臣民头插天鹅羽毛，摆宴豪饮。城内的果园就是公园，即便是皇家的果园也允许百姓涉足。辽人爱花，尤喜牡丹芍药。天地仁慈，要风得风要雨得雨，花田里遍地云锦。那个时候古永定河九十四年才泛滥一次。

这座城市改称中都后，金人在这片土地上一手打造了第一次兴修园林的高潮。西南方碧波荡漾的鱼藻池被圈进了宫墙，东北方有偌大一片水域，湖中白莲如云朵飘落，名白莲潭。潭中有岛，岛上青松郁郁，名长松岛。夏夜，月洒白莲，松风阵阵，皇家虽建有离宫，大面积的水域仍任由渔樵野人放歌游荡。这潭就是后世的前三海后三海，岛就是团城，它们的前世野趣盎然，无拘无束。风雅的金章宗春风得意马蹄疾，一日看遍长安花，四处徜徉，揽尽燕京的青山绿水，风花雪月，欣悦之情油然而生，首定"燕京八景"，给这里的山水林泉钤上了第一方朱砂印。

元代中期之前，燕京一带的气候尚处于温暖期，四时行焉，百物生焉。温和湿润的天气孕育着万物生长，穿城而过的通惠河冲淡了都市的焦躁与浮华，波光粼粼的积水潭昼夜吐纳，云雾蒸腾，柔软了从草原吹来的粗犷的风。河湖纵横之处桥梁必多，城内有百余座桥，元大都建好后，又将许多木桥翻建成石桥，海子里广植莲藕，丝丝弱柳，娉娉荷花，小桥流水人家，恍惚若江南。大都的果木远超前代，枣树、栗树尤其多，初夏，城中四处弥漫着淡淡的枣花香。主要大道两旁栽着杨柳榆槐，"文明街（文明门前大道，即今崇文门位置）上千株柳，尽是都人手种成"。

大都四季分明的气候，生机勃勃的万象触动了一个人。蒙古入主中原前，没有历法，日日赶着牛马羊群逐水草的人们以草儿青、草儿黄来辨四季。大地是表盘，草是指针，嘚嘚的马蹄声是时间的足音。当忽必烈稳稳地坐在了太液池畔的大明殿里，尽管他的七宝云龙御榻还依着草原人的习惯铺着银鼠黑貂皮，宫殿四壁也挂着兽皮，地上铺着厚厚的毯子，殿外则刻意种着塞外的莎草，葱茏一片，但是他的思绪已经从草地上升起来，扶摇直上，他想问"天道"。

1276 年 6 月，忽必烈下诏修订新历法。郭守敬、许衡等科学家在神州大地东西六千里、南北一万里的地带进行实地勘测，记录了气候的走向，自然的脉动，四年后完成。这是历史上实行最久的一版历法，忽必烈亲自为之定名《授时历》。历法中有这样的记载："正月，立春，东风解冻。雨水，候雁北，草木萌动。二月，惊蛰，桃始华，鸧鹒鸣。三月，桐始华，虹始见。四月，立夏，蚯蚓出，王瓜生。五月，芒种，螳螂生，鵙始鸣。六月，小暑，温风至，蟋蟀居壁。七月，立秋，惊风

建在马路上的新天桥

至，寒蝉鸣。八月，白露，鸿雁来，玄鸟（燕子）归。九月，寒露，菊有黄华……"风过，雨落，草萌，花开，归雁，飞鸟，鸣虫，有声有色，有动有静。这不是历法，这是诗，是天籁，是岁月静好，是天得一以清，地得一以宁，神得一以灵，谷得一以盈，万物得一以生。人可知道？

　　无奈的是人往往听不进天籁。辽代至清代，京城地区人口从五十六万膨胀到二百七十二万，每一次城头变换大王旗，便有大量移民匠役迁来，大量皇室服役人员拥入，大量拱卫军队驻扎，晚清又有大量破产农民流入。一座大规模的都市里，除了要建庞大的皇宫，还有林立的官民宅第，道观寺庙，商铺作坊。建房、烧砖、烧炭、冶铁，生活起居都要向大地索取，城市张开了血盆大口，贪婪无度。明初，顺天府各州县广植桑枣，之后官民争起宅第，纠众入山，任意砍伐，到成化年间，已所剩无几。1464年，朝廷规定的烧炭指标是四百三十万斤。仅仅过了三年，到1467年，这个指标就变成了一千七百四十万斤。延庆、怀柔、密云一带的山林原来密得只容一骑通过，后来"斧斤为雨，喊声震山"，植被遭到毁灭性破坏。清朝时燕京最大的那条河流每三年就泛滥一次，名字一改再改：清泉河，浑河，小黄河，无定河。最后，康熙怀着无限的焦虑和热切的期盼，赐名"永定河"。这条河没有了森林的牵绊，没有了草地的抚慰，野性大发，喜怒无常，动辄改道，无论如何不肯安分。康熙六次视察治河工地，领着皇子，顶着朔风，踏冰踩雪，用豹尾枪测量。他一方面困惑于滔滔洪水，另一方面又苦恼于天无甘霖。"朕临御五十六年，约有五十年祈雨"。他曾在宫中设坛祈祷，"长跪三昼夜，日惟淡食，不御盐酱"。又有何用？阴阳失调，天地无情，草木萎靡。到了后来，紫禁城里最重要的宫殿太和殿失火，修缮时大殿中心的六根柱子已找不到和原来同样粗的整根木料，只好用细木料拼合成一根。

紫禁城的九千九百九十九间半房子盖起来了，恭王府的九十九间半房子盖起来了①，梁柱檩枋，砖石瓦片，哪一样少得了树？巍峨的宫殿和华丽的王府里有多少树的尸体？把多少葱郁的青山变成了树的坟场？上善若水，但是人如果对水失却了恭敬心，看不见它的功德，那天地也要为之变色了。

水善利万物而不争，可是人的立足之地越来越少，人就和水争抢起来，蛮不讲理地霸占了水的地盘，很多河道被填埋，徒留桥的名字。而桥被肢解，风光无限的万宁桥变身为马路，路两侧突兀地站着桥的栏板望柱，像两条无头无躯的手臂，不知道该拥抱谁②。天子去天坛祭拜时走过的那座著名的天桥也同样避免不了厄运，晚清时由于水域萎缩而被拆掉，多年后提起天桥，人们脑子里浮现的是那些吹拉弹唱翻跟头变戏法儿的艺人和把式，对那座桥已集体失忆。

直到某一天，人忽然梦醒，望着尘烟四起、汽油味弥漫的马路愣怔，然后就在马路上挖了个尺把深的小池子，砌起一

---

① 此为民间流传的说法。
② 上世纪50年代万宁桥与桥下的玉河一起被掩埋，上铺柏油路，地面仅露两侧桥栏板。2000年将桥重新修复。

座"天桥",虽然也是汉白玉,也是精雕细琢,两边还有仿制的御碑,却簇新得苍白空洞,弧形的桥嘴角向下耷拉着,尴尬地站在众目睽睽之下,似乎知道自己穿着皇帝的新衣。每每经过,仿佛都听到"哧"的一声,那是历史的一声冷笑。

有一座桥,披一身岁月的风霜,仍无恙。那就是北海的永安桥。

还记得小时候每次一跨进北海的南门,就甩掉父母的手,往西拐几步,撒丫子奔向白塔下的大石桥,风一样跑到桥中央,站住,向桥栏扑过去,抱着莲花柱头回首兴奋地大喊:快走呀快走呀!待父母笑盈盈上来,一起看桥下的荷叶,湖中的小船,还有桥旁边一排大木盆里的鼓眼睛金鱼。桥头堆云、积翠两座牌坊高高耸立,牌坊下有一对大石狮,龇牙咧嘴。白塔,大桥,牌坊,石狮,在1965年9月走进了一张照片,照片里的父母年轻得像不认识似的,照片上的我一副混沌未开的样子,也是生面孔。

那时北京城的街巷里早已无桥,所以永安桥是我童年最熟悉的一座桥,北海是孩子们最喜爱的一方乐土。每个星期一的早上,哭丧着脸的我被送进北海北门旁的幼儿园,泪汪汪地目送大人离开,然后用一个星期的漫长的时间盼望回家。这当中最开心的事就是去北海。午后,老师领着一队小孩儿穿过一个门走进一墙之隔的公园,嘱咐几句,巴掌一拍,哦哦,小孩四散开来,变成一群蚂蚱,乱蹦乱跳。通常我们都上"山",北海最北边有一道土岗子,我们叫它"山",男孩照例打仗,女

北海永安桥

孩摘"山"上白色的珍珠梅，黄色的连翘、刺梅。玩的时间再长也是一瞬，每次老师都要连哄带吓才能把我们带回墙那边。直到星期六傍晚，妈妈来接，我又不急着走了，在园子里的草地上满头大汗地追螳螂蚂蚱。

大了几岁，就喜欢和小伙伴相约去琼华岛爬假山，手脚并用，上蹿下跳，尽兴地找回人与山林的原始亲近感。假山怪模怪样，凹凹凸凸，皴皴巴巴，三步一个窟窿五步一个洞穴，还有黑咕隆咚的隧道山洞，可以满足我们不着边际的想象。顺着东坡山道疯跑上去，会撞到一块石碑，阳面四个字："琼岛春阴"，阴面似乎是一首诗，"艮岳移来石崚峨"，"岳"是繁体字，所以这句话只认识中间三个字，念不成句，也就无心再看这劳什子，时间是用来玩的。那时的我们哪里会想到，把这一大爿假山奇石送到这里的是怎样的血雨腥风。

黄河南岸的汴京地处平原，开阔坦荡，偏偏高踞城中的宋徽宗喜爱山林泉壑。一日动念，若用瘦、皱、漏、透的太湖石堆成峰谷，会是怎样的妙不可言呢？于是宰相蔡京立即着人在全国四处搜罗奇花异石，采办花石纲。

七百多亩的园林要凿多少石？一船一船从南水撑过来，这期间又有多少故事发生？不得而知。惊堂木一拍，只讲了一桩。青面兽杨志道："洒家是三代将门之后，五侯杨令公之孙……不想洒家时乖运蹇，押着那花石纲来到黄河里，遭风打翻了船，失陷了花石纲，不能回京赴任，逃去他处避难。"这杨志被太尉高俅赶了出去，花完了盘缠，没奈何插个草标卖刀。只这一段故事就可窥当中的恓惶。

　　再说汴梁城中，石头运来了，山建在宫城东北，按《易经》卦象，起名艮岳。宋徽宗赏玩这平地而起的奇峰险壁不过短短五年，天地变色，山崩石裂，金兵呼啸着攻破了汴京的外城墙，百姓逃进艮岳躲避。正值隆冬，大雪纷飞，难民拆屋为薪，伐竹为篱，凿石为池，杀鹿啖之。金兵一路血溅，冲进徽宗心爱的苑囿，见到艮岳，大异，来自天寒地冻的北国，何尝见过如此灵秀的石头？！便将艮岳拆散，其中一部分千里迢迢运到了金中都，而这些石头从前的主人还不及石头命好，丧家之人仓皇辞庙，被押到了苦寒的黑龙江。曾经在花团锦簇的艮岳里吟风弄月的徽宗凄凄诵道："彻夜西风撼破扉，萧条孤馆一灯微。家山回首三千里，目断山南无雁飞。"

　　艮岳换了主人，被安置在北海的琼华岛上。夏天金帝到离宫来避暑，拾阶而上，奇花幽香。艮岳仍旧挺秀，千百万年的浪涛早把石头炼到无心。人间，悲欢离合总无情，石头，一任阶前点滴到天明。

　　兴亡之事自古有之，不妨学学石头，暂且放下。在石碑上题写"琼岛春阴"的皇帝就直言不讳地说过，"山水之乐不能忘于怀"。金章宗的一位妃子看破兴衰，也说过"拥有者不必是守护者，守护者不必是拥有者"之类的话。暖风熏熏，湖水沉醉，岂可辜负？

　　后世帝王都喜欢在此流连，康熙垂钓，雍正泛舟，乾隆作诗。慈禧倒是妇道人家本色，相中了永安桥南端的小岛团城，此时岛上早已没了金代的阵阵松涛。她命太监在这里设肆市，罗列百货，然后亲往问价。这游戏玩得颇有童趣，像小孩子过

北海公园内的太湖石

家家。在硝烟四起的男人堆里过腻了，寻一寻市井中家长里短的乐趣。天气那么好，鸟儿唱得那么舒坦，花儿红得晃眼，放着好好儿的日子为什么不好好儿过呢？她打心眼儿里喜欢这里，喜欢得顾不上什么江山社稷，什么英吉利日本国，悄悄拿来海军军费，把湖北岸的静心斋修了个里外三新，增建了一座叠翠楼，又出人意料地在中南海的紫光阁铺设了一条铁路，蜿蜒而至北海静心斋。太后在紫光阁居住，每天中午携光绪及后妃、王公大臣到静心斋用膳。他们乘坐六辆从法国订购的陈设华美的火车，由众太监挽拽着，在开路仪仗之后缓缓前行。夹着花香的微风拂动着黄绸窗帷，露出太后惬意的笑脸。

十二年后，八国联军之一日军司令部就设在清雅的静心斋，那条铁轨也被掀翻，而太后扮成灰头土脸的农妇，正奔逃在通往大西北的路上。人非木石，想躲开兴亡之事却是不能。

在这个园子里，帝王们还热衷于一件事，那就是劝农桑。这是农耕文明时代年年都要唱的一出大戏。田园风光是太平盛世的招幌，坡有桃，沼有莲，竹篱茅舍，牧童短歌，一派祥和。元代皇宫就在太液池两岸，皇城里有后苑，种着麻、豆、瓜、果，还有一座水碾。春回燕来时，皇帝便亲率近侍朝臣耕田犁地，在天苍苍野茫茫的故乡放马牧羊的人如今也晓得农事的重要，演起来像模像样。待秋天有了收获，供奉到列祖列宗的祭坛，告慰先人，以示天下。

同样是在马背上打天下的清帝也深知农桑的分量，在北海的东北方建起了一座不小的庭院，里面是京师九坛之一先蚕坛。坛高四丈，东西北三面植满护坛的桑树，郁郁葱葱。祭祀由皇帝主持，皇后率嫔妃向蚕神行跪拜礼。次日皇后在持钩提筐的蚕妇的协助下采桑叶，内监唱起采桑歌，倒也别有韵味。之后，择吉日，皇后再到先蚕坛织室缫丝三盆，礼毕。

桑叶几番回黄转绿，蚕坛不知去向了。蚕神在人间没有落脚之处，也驾鹤归天。可是这座红墙碧瓦的院子里仍然有蚕宝宝的痕迹。幼儿园的教室里，老师捧着一个小盒子，几条青色的蚕宝正在沙沙沙地啃桑叶，二十几颗小脑袋凑过来，伸着脖子往里看。那里面就有一个我，我在先蚕坛里度过了童年。

北京人和北海的缘分有好几代了。自从 1925 年 8 月那个细雨蒙蒙的早晨，两扇朱门慢慢开启，第一拨难掩激动之情的庶民哗地一拥而进，这缘分就结下了。平头百姓可以在皇上的花园里尽情游逛，个个高兴得孩子似的。在我心里，北海和"童年"是一个词汇，不分彼此。尽管时间把年纪从个位数变成了十位数，又一二三四地径自往上加，但只要一脚迈进门，就会抖落一身的灰尘和心事，还身心一个自在。

记忆里，家中几代人都是这光景。一个冬日的午后，雪霁初晴，想着北海不知美成什么样儿了，一家人乘兴而去。那时北京的冬天很冷，湖里结着厚厚的冰。走到湖畔的漪澜堂，见雕梁画栋，朱栏粉墙，如同画在素绢上的美人。外婆忽然玩性大发，提议从冰上走到对岸去。于是哥哥在前开路，我和父亲在两边扶着她，三代人踏冰步雪，一步一滑地走过去。到了对岸，外婆长舒一声，透着过瘾，透着刺激。八十多岁的母亲一辈子去过多少次北海，她也说不清。有一天偶然提起北海，她的思绪立刻直奔童年，说起小时候外祖父一时兴起，黄昏时分领着她和舅舅去北海。湖边有几棵粗大的杨树，晚风吹过，杨树们立刻喊成一片。我从她的话音里听到了杨树几十年前的喧哗，回响至今。

风摆杨柳，风推涟漪，又是黄昏。我顺着永安桥往南走。回头看，斜照里，白塔熠熠生辉。"让我们荡起双桨，小船儿推开波浪。海面倒映着美丽的白塔，四周环绕着绿树红墙。小船儿轻轻漂荡在水中，迎面吹来了凉爽的风。"心里一响起这歌声，余晖中就漂来一只小船，爸爸划着双桨，我们在一边捣乱，按捺不住地夺他的桨，想试试身手。天气热，爸爸来了兴致，索性把桨交给我们，不理会妈妈的阻拦，脱掉外衣，一纵身，扑通一声跳进了水里，我们躲着他溅起的水花，大喊大叫。他的泳姿真不怎么样，像一只水獭，却是一脸的得意和满足……歌声远了，小船漂走了，爸爸也去了天上。我相信，他在那里，一低头，就能看到这一泓碧水，就能听到永远不老，永远不老的"荡起双桨"。

天色向晚，该回去了。

走下桥，挥一挥手，作别西天的云彩。

一个老北京

说起齐二爷，京城里无人不知。与他相熟的人很杂，有贝勒爷载润，内务总长朱启钤，燕京大学校长司徒雷登；有从宫里出来的太监，外国军官，五行八作的商人，也有戏界名伶，天桥艺人，东兴楼丰泽园掌勺的，扎纸花仿铜鼎的手艺人……要想找他可不容易，不知情的逮不着，因为他常常出没在与他的身份不相称的地方。比如看戏，众人都坐在台前的池座、包厢里，他呢，在后台哪个旮旯里，捧着个小本子，握着一管笔，边问边记，被问的有谭鑫培、梅兰芳这号一等一的名角儿，但也兴许就是个烧水锅的，梳头的。再比如下馆子，上菜前，人家都围着八仙桌高谈阔论，他这位穿长衫的先生偏偏溜进了烟熏火燎的后厨，绕着红案白案一探究竟。太监的墓地，梨园行的义园能瞅见齐二爷的身影，崇文门花市的小作坊、东四牌楼豆腐巷的杀猪场能听见齐二爷的声音，走街串巷的小贩身后也常跟着这位什么都打听的爷。

他是干什么的呢？他干的事，不可小觑，有民国人士赞曰："假令三千年前有如山，指南车不至于绝迹；千余年前有如山，华佗之术不致失传；八百年前有如山，两宋士人唱词可传至今。"他叫齐如山，一个读书人。

无论是以当时的眼光瞧还是用现在的眼光看，齐如山都是个奇人，奇特的读书人。在他生活的晚清、民国时代，这个读书人行为怪异，所做的事情离经叛道，被时人所不齿。今人皆知齐如山与梅兰芳的一段君子之交，其实那只是露出水面的冰山一角，强烈的阳光下，梅兰芳的光芒反射给齐如山。而在水面之下，是齐如山与京剧深不见底的缘分，是一个先行者呕心沥血、穷其一生的开垦，是一个懂得文化真谛的读书人的大情怀。

齐如山被世人所知是因为戏，那就从戏说起。

齐如山推开梨园的大门可是冒着风险的。这一行自古就是贱业，娼优并称，与此沾边儿的都被人瞧不起。四大徽班之一三庆班班主、京剧泰斗程长庚在梨园那么高的地位，可他的亲孙子不敢认他，外人问起，竟答与他祖父"同姓不同宗"。因为梨园子弟三代不许参加科举考试，认了就等于自毁前途。大清律法规定，旗人不准染指戏界，同治年间，程长庚组班时递给升平署的呈文里说，自己的戏班里"并无旗人在班演唱……以后如犯前项情弊，有奴才程椿（程长庚原名）情甘认罪"。到了光绪年，有个叫德珺如的旗人正式上了戏班花名册，唱青衣，这下子一家人如遭雷劈，其叔父大怒，将他从族中革除，注销宗谱，撂下一句狠话："自甘下贱！"

民国时那些个明文规定是没了，可眼色还在，政界学人平时无论与名伶有多好的交情，也不肯称兄道弟，不肯论辈儿，不肯称其"先生"。有文人赠谭鑫培书画，题款称他"小友"，一股子说不出的轻薄与蔑视。谭老板咽不下去，都给撕了。这是第一层。

再看第二层。晚清时一些唱旦角儿的名艺人自己收徒，挑几个才分高容貌俊的男孩儿在家中教授，称"私寓"，当时北京有不少。因为弟子起点高，师父照顾得过来，所以极出人才，不少名旦是从私寓走出来的。可是后来被些个心地龌龊的人玷污了，变了味儿，不知何时，"相公堂子"就和伤风败俗画上了等号，最后在民国元年被禁。同样的原由，正儿八经的人是绝对不和旦角私下里来往的，一个体面人家担不起这种辱没门风的事儿。

还有第三层。经过几千年儒学浸淫的正统知识分子早已形成了牢固的观念：经史是真学问，诗词是小道，戏剧更不能登大雅之堂，有身份、有本事的士人不应在此流连。元朝废除科举七八十年，关汉卿等一干人迫不得已在勾栏瓦舍里挥洒才情，而民国初年，外在的束缚相对松绑，王国维写就了第一本研究中国戏剧史的专著《宋元戏曲考》，与他同时代的学者罗振玉却劝他，生逢乱世，还是应一门心思钻研国学，即经史古籍考证。王国维不仅深以为然，而且深感惭愧，表示以后不再研究戏曲史了。在儒家学说的一统天下里，戏剧始终是旁门左道，是下里巴人，是市井俗声，它永远应该安分守己地待在勾栏瓦舍里，不要有登堂入室的非分之想。《牡丹亭》《西厢记》《窦娥冤》《桃花扇》再灿烂，不过"小技"尔。

在这样的生态环境下，哪个读书人肯涉足呢？

1912 年，齐如山不经意地一推门，走进来了。

他是无心，可老天有意，前世就安排好了。北京有句俗语：盐打哪么咸，醋打哪么酸，问的就是根儿上的事。齐家祖籍河北高阳，这一带的人都爱唱戏。举子们到保定府考试都带着锣鼓琴笛家伙什，没事儿就来上一段儿。他们唱的是自明朝传下来的昆曲、弋阳腔，后来又唱梆子。当地人说，村儿里的狗叫唤都带着高腔味儿。齐如山的先祖都会唱戏，他父亲能背诵整本的《桃花扇》《牡丹亭》，家中收藏了很多戏本。齐如山的耳朵打小儿就在戏里泡着，十几岁进北京上学，有钱的同学常请他去戏园会馆堂会听京戏。庚子年洋兵打进来，几个德国人到广和楼看戏，以为花旦小旋风是女子，非要到后台去看看。戏班的人都吓跑了，恰好齐如山在场，又会德文，赶紧把躲在厕所的小旋风搋出来，让他卸装，美娇娘忽然变成了一个男子，洋兵大乐，争着上前和他握手。此后齐如山成了戏园子的保护神，不用花钱买票，开锣前必有戏园子巴巴地请他去。

可是后来有一年之久，齐如山不再进戏园子一步，因为他在欧洲看了几十次歌剧，回国后认为中国的戏看不得，全无价值。有人不同意他的说法，他就跟人家抬杠。私下里说说也就算了，戏界人士请他演讲，他一口气讲了三个小时中国戏的不是，讲得"伶界大王"谭鑫培说："听您这些话，我们都应该愧死。"齐如山嘴上道歉，心里别提有多么得意了，要知道谭老板一辈子没说过服软儿的话。想不到几年后，轮到齐如山脸红了，他羞愧难当地说："我当时所说的那些话，可以说是完全要不得，是外行而又外行！"

北京湖广会馆

倒也怨不得他轻狂，当时就是这般风气。辛亥革命前后，中国知识界刮起了一股扫荡京剧的风暴，胡适、傅斯年、钱玄同、刘半农这几位知识界的精英把京剧骂得狗血淋头——伤风败俗，煽惑愚民；专演前代时事，全不知当今情形；只有西洋戏剧是人类精神的表现；跳过桌子便是跳墙，站在桌上便是登山，幼稚、粗笨、愚蠢、自欺欺人；京调全是俗声，脸谱、锣鼓、水袖、台步均应淘汰，全数扫除，尽情推翻！火药味儿十足。其中有些人就是辛亥革命的直接参与者，敢死队的斗士。在武昌城头的烈火硝烟中，在救国图存的喊杀声里，人人血脉偾张，两眼血红，有几个人能冷静地看待、鉴别这份精华与糟粕杂糅的遗产？能心平气和地慢慢梳理遥远的文脉，寻找回声的源头？面对前人留下的文化，头等要紧的还真不是学问和知识。当时有不少人热火朝天地编写新剧本，像《潘烈士投海》《维新梦》《中国国会万岁》《越南亡国惨》……听名字就知道生命力能有几天。

有一天，向来不爱看戏的表兄约齐如山去看戏，说有个叫梅兰芳的旦角儿，就没见过这么好的！他本不想去，却又有点儿好奇，就相跟着去了。看了觉得"艺实平平"，但"天赋太厚"，是一块好材料。一次看完《汾河湾》，齐如山觉着梅兰芳的表演缺陷着实明显，按老话儿讲，犯了"抱肚子青衣"的毛病，过去的青衣两手搭在小腹部，只管唱，表情呆滞，尤其是台上的搭档生角演唱时，青衣毫无表情，如泥塑木胎。回家后，一肚子的话不吐不快，齐如山提笔给梅兰芳写了一封三千字的长信，信中掰开揉碎地讲，每一句台词应该做出什么样的表情动作与之应和，每一句台词背后有什么样的心理活动做支撑，详详细细，句句点到位，简直就是一篇讲义。

信发出去，齐如山吐了口气，想想，又摇头一笑，"也不过是写着好玩儿，不见得有什么效果"。十几天后，梅兰芳又演这出戏，齐如山好奇，就又去看，梅兰芳竟完全按照信里说的改过来了！齐如山兴奋极了，想不到这个十七岁的孩子这么肯听话，难得难得！齐如山决定，要帮他成为一个角儿。自此后看一出梅兰芳的戏，就给他写一封信，两年多写了百十来封。

因为梅兰芳，齐如山不知不觉一抬腿，迈进了梨园的门槛，之后便是笔走龙蛇，灵光四射，《天女散花》《嫦娥奔月》《一缕麻》……二十多出戏在齐如山的心里轮番排演，又从纸上的蝇头小楷变换成台上梅兰芳的长歌曼舞。齐如山在北平戏界成了一号儿人物。

但是这时他还没有研究京剧的念头。对于一个三岁学唐诗、四岁始学经史子集的人来说，编戏讲戏不是什么难事。可是自打他重又成了戏园子的常客，有个事儿让他怎么也想不明白。北平有很多票友，他们比艺人文化高，唱功也不输艺人，可身段动作怎么学也不及艺人。抛开童子功不说，演戏这个事儿里头到底有什么学问，有什么奥秘呢？

齐如山爱琢磨，遇事爱刨根问底，总比别人多想一步，这是他性格中很重要的一个特点，是老天爷为了让他成事给他的本钱。既是不明白就研究研究吧。"最初以为研究研究戏剧，也不过是很随便的事情，用不着费多少脑思，也没什么太难。哈哈！真没想到，敢情比研究什么学问都难。"一来前人没有专门系统见诸文字的研究，古代文人品评艺人，只有一些笔记类的文字，虽然也描述了当时戏界艺人的特点、经历、师从，但谈不上理论，十分随意，感性，里面有些恭维艺人的诗词如同骚客恭维风尘女子，从书名就能看出些端倪。元末明初，第一本文人评艺人的书叫《青楼集》，以后又有《燕兰小谱》《莺花小谱》《日下看花记》等，不难揣摩出当时社会与文人的心态。

找不到书本，就回过头来问问艺人吧。结果更失望，几百年口传心授的教法，闹得他们知其然不知其所以然，一问一直脖子，一问一愣神儿。齐如山问过谭鑫培五回，都没答上来，最后齐如山都不好意思再问他了。

越不明白越想问，越问不出个所以越好奇。齐二爷本是京城里散淡的人，可他要是为了什么事较了真儿，那可不是闹着玩儿的。齐如山的兴趣这回真的被勾出来了。

两次率性而为，齐如山上了道儿，渐渐走向风光旖旎的梨园深处。

北平的戏园子后台多了个人，铅笔本子不离手，见谁问谁：生旦净丑，名角龙套，鼓师琴师，管戏箱的梳头的烧水锅的；见什么问什么：不同的角色怎么捋胡须，不同的行当在台上怎么笑，扮和尚的勾脸有什么要点，为什么有的旦角踩跷（跷以木制，形同妇女的缠足，绑在演员脚下）有的就不踩，鼓师念鼓点"吧嗒"和"嗒吧"有什么分别，戏班子有什么忌讳……

从没见有人这么行事的，戏班的人觉着这位齐先生做事新鲜，看得起他们的玩意儿就是看得起他们，都愿意围着他一五一十地回答。有时候人家唱得欢，顾不上他，他就追到艺人家里去问，或者把那些知道得多的老角儿请出来吃饭，闲谈，谈笑中必有所得。名丑角萧长华说：到齐二爷这儿来得预备预备，不知道他问什么，答不上来怪不好意思的。教授过四大名旦的王瑶卿说：齐先生常到我家来，什么都问，问到深更半夜，寻根究底，问得我无言以对。

齐如山把能问明白的事记在小本子上，回到家再誊到大本子上，分门别类整理好。春去秋来，雨飘雪落，本子越积越多，一尺多高一摞，共有四摞。同时，他费了一番"傻而苦的功夫"，系统地研读了七八百种古代杂剧传奇剧本。这还不算完，他又满世界地跑，跑遍四九城犄角旮旯，四处搜寻与京戏有关的文献文物，到艺人家里去抄老剧本，到升平署太监那儿买剧本，去白纸坊造纸厂的废纸堆里拣内务府流出的戏班档案，夜里三点到鬼市趸摸清朝戏班的花名册，在烟袋斜街、东安市场、琉璃厂的小铺子里搜集明朝的乐器，元朝的脸谱，去阜成门外太监墓地、永定门宣武门外梨园公墓抄录相关的碑文。后来，他又把研究范围扩大到地方戏，为了找一张山西某地元代的戏台的相片，他几次三番催友人拍照，并且威胁说："倘办不到，则为弟终身之憾，兄再到北平，也就不必再认识这位朋友了。"

人常说，台上的角儿"不疯魔不成活儿"，台下的齐如山何尝不是如此，为了把中国戏剧吃透，他也真真疯魔了。这一疯魔就是二十多年，再看仍旧兴致盎然流连于梨园的齐如山，

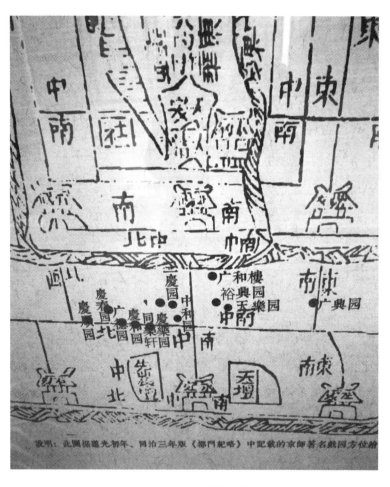

清末外城戏园分布图

当初推门而入时还是满头青丝，而今过了知天命之年，鬓已星星矣。那时候的人真是耐得住！

当气沉丹田到了一定的境界时，疯魔之后便要"成活儿"了。齐如山的"活儿"干得漂亮：从1931年开始，他创立了北平国剧学会，编辑戏剧丛刊、国剧画报，办起了国剧传习所，请梅兰芳、余叔岩等名角儿教授，他自己也上阵讲授戏剧理论，办国剧陈列馆，展览他辛苦收集来的文物，著书立说，写就了《中国剧之组织》《京剧之变迁》《戏剧角色名词考》《国剧身段谱》近三十种著作，挖掘、梳理、归纳了中国戏剧的起源、演变、流布、特点、舞台呈现、组织经营管理状况，自成系统。这时的齐如山已经悟出了戏剧的场上之道，不仅摸清了骨骼构造、血脉流向，而且触及到了内里的灵魂。

民国初年有两位研究戏曲的大家——王国维研究戏剧史，但从来不看戏；吴梅研究昆曲，除此之外对其他戏曲不屑一顾。所以齐如山的探索是有开拓性质的，他蹚出了一条路径。当国人刚刚尝试把戏剧看成一种技术时，他已经在竭尽全力将其推上学术的轨道了。更可贵的是他认识到了中国戏剧独有的价值，文化的认同带来了文化的自信和自觉。他还有好多设想：建一座戏剧图书馆，一座戏剧博物馆，办一所学校，让各国人来学京戏，盖一个漂亮文明的剧场，不能再像眼下的戏园子，上下楼脚步咕咚咕咚响，甩手巾把儿的、卖茶叶的、嗑瓜子的、抢座儿打架的、咳嗽吐痰擤鼻涕的，乌烟瘴气。这是上世纪20年代齐如山的梦。那时虽是梦话，也不是谁都说得出来的。艺人们几代行走舞台，也没那么大的心气儿，齐如山的努力，也开启了他们的文化自觉意识。他们连连感叹："要不是齐先生给我们写写，把祖师爷这点儿心传传留下去，恐怕就要失传了。"

齐如山与艺人多年相处下来，处成了鱼水之交，君子之交。在那个时代，两路人，差着身份，达到这样的默契，可不是一朝一夕的事。其实齐如山个性很强，而艺人也是个特别的群体。旧时的艺人一没地位，二没文化，含辛茹苦磨砺数十载，一朝唱红，如同登天。低时低到尘埃，高时万人争捧，这么忽上忽下的，有的人性情难免乖张，平和的角儿少。齐如山和他们建立了一种平等的关系，他对他们，一是不随当时的观念，轻贱他们，对一些人品正行得端的艺人由衷地佩服，艺人跟他也能说掏心窝子的话。对人的称呼也透着尊重，他对梅兰芳尚未相识时称"畹华艺士"，相识后是"畹华先生"，相熟了称"畹弟"。二是不跟当时的风气，天花乱坠地胡乱捧角儿。他的著作里涉及很多名角儿，他有一个原则："有什么写什么，好坏一齐来"，"瑕不掩瑜，瑜不掩瑕，方能见真迹"。所以，他既写了谭鑫培年轻时如何卧薪尝胆，闯野台子练本事，也写他在台上捉弄配角儿，叫人家得了倒好儿；既写了程长庚掌班严明，训练弟子每日将白纸贴在墙上对着念白，纸上不许有半点儿唾沫星子，也写他自己不守规矩，误了场还不认错。对台上的坏习气也不留情面地揭短儿：有名角儿把跟包儿的（随从）带上了台，显示自己身份不同一般。跟包儿的背着两个壶，一个写着"茶"，另一个写"人参汤"。有人讥讽，"下次他应该把张一元茶庄和同仁堂药铺的老板带来。"

有段时间不知怎么回事，艺人在台上兴饮场，闹幺蛾子。齐如山看过两次《玉堂春》，扮苏三的都是女角儿，一个穷，跪在台上唱，旁边放个大洋铁壶，唱两句，对着壶嘴儿喝一口；另一个阔，必得讲究不是？她跪好，跟包儿的端上两张小楠木桌儿，一个摆着镜子和化妆品，另一个放着银壶茶杯，她唱两句，扑扑粉，唱两句，再喝口茶。苏三一个正在受审的罪犯，有这么唱戏的吗？

齐如山揭短不怕得罪人，艺人不好说的他可以，他是真心为了京戏好，这点儿艺人们看得出来。忙活了几十年，他赢得了艺人们充分的尊重和信赖。萧长华问他："您不是吃这行饭的，可是老研究；戏界人是靠这行吃饭的，可是老没人研究。齐先生您研究了这个，往哪儿吃饭去呀？"齐如山笑了："我研究这个，不是为吃饭，我是吃了饭来研究。"

有人说，世上的事情多半是忙出来的，唯有文化是闲出来的。齐如山老家有良田，家族在法国开了豆腐公司，京城有大和恒米面铺等生意极好的商铺，他本人就是商人，所以他研究戏剧，不是为稻粱谋，他没有生计之累。但是，他虽经商，却也不图巨富，读书人的本心不曾忘。没有压力，却有动力，这就使得他能够不慌不忙，不焦不躁，全身心投入。

齐如山费尽心机地钻研戏剧，与利无干，与名更相悖，不用说靠这个博取功名或者头衔，这二十多年，因为与艺人越走越近，越陷越深，尤其是与梅兰芳这样的旦角儿交情日深，齐如山的亲戚、本家、朋友对他都很不以为然，书香门第，好端端地怎能脏了脚？不能够！于是常常有人好言相劝，劝浪子回头，收心养性，重拾夫子之道。他创办国剧学会后，艺人们都愿帮他做事，可绝对没有一个文人愿协助他做具体的工作，有来聊天的，有来学戏的，就是没人愿意陪他搞这种"小道"，齐如山只得独自苦干。他为梅兰芳编戏之后七八年，才有罗瘿公等文人为程砚秋、荀慧生写剧本。国剧学会办了几年，赞助人是冲着梅兰芳、余叔岩出资的。可余叔岩烟瘾大，常不能来，梅兰芳又去上海定居了，出资人没了兴头儿，学会等一干事务不得不停了下来。齐如山在这条路上走得孤独，走得艰难，走得执迷不悟，走得自得其乐，走得无怨无悔。

晚年，齐如山回忆自己一辈子做过的这些个事儿，提到最初的动机，常常会说"好玩儿"这个词，涉足京戏，是因为好玩儿，搜集文献文物，也是好玩儿，研究民俗，还是好玩儿。他的玩儿心不是一般的重，尽管他成绩斐然，尽管他因此受累受苦，受讥讽，受鄙夷，尽管历史证明了他的研究在学术上的地位，但是他从不把自己标榜成一个崇高的、苦哈哈的使命担当者，他老老实实地说，自己做这些就是因为好玩儿。

老北京人出了名的爱玩儿，"铁杆庄稼"衣食无忧，总得给日子找点儿乐子。活在天子脚下，宫里不断流散出各种玩意儿和玩儿法，一来二去，被民间接纳。玩儿，就成了北京人格外凸显的性情。天下万物，各载其道。机缘巧合，性情中人齐如山凭着天然的本真，找到了自己的玩意儿，找到了这些玩意儿的内里乾坤，也找到了自己的快意人生。

建于乾隆年间的戏园子三庆园（复建）

一晃就来到了 1937 年这个大灾之年。

卢沟桥炮声一响，日本人进了北平。古都黑云压城，人人透不过气来。心情异常沉重的齐如山听友人议论，说蒋介石说了三句话：战必败，不战必亡，久战必胜。齐如山激动得哭了一场。哭过了又兴奋：这回一定要打大仗了！正琢磨着眼巴前儿最要紧的是把国剧学会的文物藏起来，在这个节骨眼儿上，偶然碰到一个朋友，朋友惊慌地告诉他：他齐如山上了日本使馆开列的抗日分子名单！

他一个散淡之人并不过问政治，可这不是说他心里没有大是大非。他认识的人多，平时讲话随心所欲，嘴上没把门的，常常骂日本，惹祸上身了。齐如山赶紧躲到了亲戚家。果然这天夜里警察、便衣上门来搜查了，半个月搜了两次。齐如山又躲进了法国医院。一个寒风刺骨的冬夜，他从窗口看到邻近的前门楼子上亮起六个用电灯组成的大字："庆祝南京陷落"。齐如山好像被扎了一下，难过得说不出话来。有个熟人当了伪政权广播电台的台长，辗转找到齐如山，请他出去广播京戏，并暗示将"特别优待"。有人劝他去，说大不了让你骂骂中央（指国民政府），齐如山说：我们中央政府未尝没有该骂的地方，但我要骂，到重庆去骂，我不能在此地骂。没的说，回绝。

时候长了，总不能老在外边儿躲着，便想干脆逃出北平。一打听，也不成。

有个朋友穿上工人的衣服，脸上抹了煤灰，以为能混过去。不想到了天津，这边早有准备，预备了一盆水，水里漂着块抹布，日本人抓起布往他脸上一抹，白皮肤露了出来，人扣下了。齐如山听说了，连连摆手："现在万不可走。别的不说，就他用那块布在我脸上抹一下，我就受不了。"

在外边躲了几个月，见无人再来搜查，便悄悄搬回了东单牌楼裱褙胡同的家。这年头儿跑到谁家去也不合适。可回家也不省心。麻烦之一，日本人三天两头儿查户口。有一天，一个朋友大哭着来到齐家，说是两个日本人到他家查户口，这俩人不但不够尺寸，且长得不像个人。进了门就嚷："都出来！站齐了！"朋友嘟囔了一句："检查好了，何必站齐？"日本人上来就扇了他一个大嘴巴。朋友边哭边诉："我们堂堂华胄，黄帝的子孙，就让他们这么侮辱吗？这以后还怎么活？"过了两天，又听说一个熟人也是因为查户口，大受刺激，登时脑充血去世。齐如山犯了愁：于他而言，还不是站齐不站齐的问题，上了黑名单的人，能露脸儿吗？于是想了三条路：一是上房顶，二是装病，三是藏到大木箱子里。麻烦之二，裱褙胡同住着不少日本侨民，现而今仗势欺人，他们相中了齐家的大院子，接二连三地不请自来，要租齐家的房子，敲开门就要看房，径自往里闯，拦都拦不住。亡国之人的家门形同虚设。齐如山交游广，战前熟人里有日本人，也有如今当了汉奸、有些权势的中国人，如果去求他们帮忙递个话儿，管用。但是齐如山说：堂堂男子，去求汉奸，心有不甘，不必了。

很是闹腾了一阵子，渐渐地消停下来。

齐家有四个院子，齐如山藏在最东边的院子的北屋，他把门从里面锁上，不见任何客人。到了晚上，才打开门与家人相见。下雨天儿，门庭冷落，他偶尔出屋，站在廊子下透透气，哪怕是夜静更深时也从不到大门外张望。齐如山本是个坐不住的人，好动，好交际，好看热闹，好聊天。可是抗战八年，他藏了八年，大门不出，二门不迈，像个没出阁的大姑娘，在炕头儿上坐了八年。夏天闻不到什刹海的荷香，冬天看不见披着雪的白塔，不能去东兴楼吃香糟鱼片，不能上来今雨轩品茶谈天。恐惧、寂寞、愤怒、愁苦缠着他，难解难分。

《中庸》里有两句话，"素夷狄行乎夷狄，素患难行乎患难"，意思是心中有道，随遇而安，自有定力。齐如山默念着这两句话，慢慢的，气，沉下去，心，定下来。

何以解忧？唯有著书。可是写什么呢？齐如山费尽心血几十年收集的有关京戏的资料被汉奸强占了，他痛心疾首，又毫无办法。转念一想，他还有一笔财富，也是多年来辛苦搜求而得，如今不正是盘点的时机？！这笔财富就是北平。

虽说起根儿上不是北平人，但他也是十几岁就进京了。1894 年，在父亲的安排下，齐如山进入京师的同文馆学习法文、德文。同文馆是清朝的外国语学校。1840 年中国的门户被强行打开，与各国的交涉事宜逐年增多，朝廷急需翻译人才。经曾纪泽奏请，于同治元年办起了同文馆，请外国人教授俄德英法日文，但彼时风气未开，招不到学生，国人以为学了洋文便是降了外国，谁家的子弟进了同文馆，就会被人瞧不起，甚至与其断绝往来。有个人家儿媳妇的弟弟入同文馆学习，儿媳妇因此很不受公婆待见，处处遭白眼儿。齐如山的父亲是光绪甲午年的进士，帝师翁同龢的门生，难得的是他已经睁开了眼睛，他曾给儿子们编过一首"三字经"："与童蒙，讲地球，五

梅兰芳剧照

大洋，六大洲。既知古，又知今，脑智开，黄种存。"他坚决不许儿子再学八股文，把他送进了这所新式学堂。

可是齐如山在课堂上还真没学到什么东西。晚清的腐败渗透到社会的每一个毛孔，学生不好好学，老师不好好教，众人一起混。让齐如山长见识的是在课下，他常去找几位洋教习聊天，内容庞杂，西方社会的林林总总，无所不谈，齐如山从中大受启发，在课下学到的比课上多得多。

明末清初时顾炎武、黄宗羲等思想家就曾全力抨击那些腐儒，反对空谈，反对沉沦于古籍文献，提出了"学贵屡践"，倡导重视社会实际知识，广闻博见，经世致用。晚清时黄遵宪、梁启超等一代知识分子更是迫切地探索强国之道，发现了民众的价值，提倡"开民智"，"欲治国化民，必须研究通晓民俗"。这种思想风气影响了当时及民国初年的知识分子，民众、民间为他们所重视。上世纪20年代，有一批文人满怀热忱地到民间搜集民谣，开中国民俗学、民间文学的先河。这些举动对齐如山当是有着启发与引领作用的。

而且，齐如山又天赋异禀，所见过目不忘，所闻句句入心，他从小就表现出比一般人都要强烈的好奇心，对书本以外的东西格外感兴趣，不仅要上赶着看，而且要问，问就一定问个水落石出。他天生长了一双寻根究底的眼睛，不放过眼皮子底下的任何事情。1900年开始经商后，跟北京的五行八作频繁打交道，和他沾边儿的问，不沾边儿的也问，与生意无关，凭的全是兴趣。有人请客吃饭，他要比别人早到，到了不进雅间，去后厨，边看边问，看到厨子炒的菜不够熟，他问：这个不太生吗？厨子告诉他，这是楼上点的菜，天儿热，等端到楼上就熟了；倘是在楼下吃，炒的火候就要大些。在下厨长的见识让齐如山之后也做出了一盘"菜"。

他不但对泰丰楼、恩承居这样的大馆子的厨艺有兴趣，对街头巷尾推车挑担的小买卖也穷追不舍，什么羊头肉、豆腐脑儿、硬面饽饽、雪花酪他都吃，而且挨个儿到人家的小作坊里去看东西是怎么做出来的。他把这归结为自己嘴馋。

过去北平的小玩意儿很发达，庚子年前后外国人到北京，会买很多泥、布、木、纸制作的玩具带回去，齐如山起了调查的念头。他在花市、广渠门的大小作坊里跑了好几天，观察每样东西的做法，求人家列出品种单子。不仅这一行，北平七百多行手艺，他摸了个遍。

过年庙会上卖年画儿的很会吆喝，画什么他吆喝什么，一套四句话。齐如山记录了几万条，有诙谐的，箴言俗规的，吉利话的。北平的民间谚语、俗语他也搜罗了好多，光是有关吃饺子的就有五百多条，比如汉人的"饺子两头尖，吃了便成仙"，旗人的"姐儿你是吃煮饽饽（即饺子）呀你是穿裤子"，意思是吃饺子和大姑娘穿裤子是同等重要的事。

抗战前，他写过两本关于北平的书，《故都百戏图考》，收录了北平市面上各种民间说唱、游艺，什么大鼓书，莲花落，舞龙灯，耍耗子，共有八十一种，每幅图配一篇文字，讲述了这些市井百戏的源头、行规、营业情形、代表人物。另一本书是《故都市乐图考》，将北平小贩们叫卖时使唤的四十种乐器整理收入。在齐如山眼里，市井中的人生百态，下里巴人的零七八碎，千年古城的一地鸡毛，都是那么有魅力，吸引着他一一拾起，拂去尘埃，像盘玉一样反复摩挲，土坷垃露出了一角光彩，齐如山让人们看到了尘土下面的审美价值和社会价值。

如今，当这座古城大难临头时，藏在深深庭院，点亮一盏青灯，齐如山又翻检出多年搜寻来的宝矿，伏案挥毫，开始了他一个人的八年抗战。

山河破碎，城池沦陷，他还有一支笔，可以画民俗，辨民风。《北京三百六十行》《北平土语》《北京零食》《烹饪述要》《故都琐述》《谚语录》，一本接一本，从他的笔端流出来，他写北京人怎么说话，怎么吃饭，怎么劳作，怎么过日子。再寻常不过了，却点点滴滴，都是承平与宁和。

漫漫长夜里，毛笔在纸上沙沙作响，写着写着，他仿佛觉得那管笔变成了他的腿，他抬起腿，迈过门槛，走出屋子，走出院子，来到胡同里，大街上。黑暗中，他看到挑担挎篮的小贩敲着梆子，拉着唤头，忙着各自的营生；远远的，三庆园响起了开戏的锣鼓点，"令台齐台一台仓，令台齐台一台仓"，莫非今儿个演的是《挑滑车》？岳鹏举发兵，高宠大战金兀术哪！他又听见百灵画眉的鸣叫，借着后海的水音儿飘过来……抬头望，高槐古柳，红墙灰瓦，北京城多么豁亮，多么优雅！可是，可是定睛再看，眼前只有一盏灯，一沓纸。

出不去，看不见，不要紧，北平在齐如山的心里，忘不掉，丢不了，抹不去。日本人抹不去，孤寂抹不去，八年岁月也抹不去。齐如山用了八年的时间温习北平，每天，慢慢地研一池墨，一边研墨一边回忆，墨就浓了。蘸着墨，一横一竖一撇一捺描出这座城。笔时而柔情，一寸一寸抚摸着北平；时而锋利，似刀，一刀一刀，把一座城刻在心里。八年下来，北平在他心里更清晰，他把北平看得更分明。他和这座城本没有血缘，经过了这八年五味杂陈的光阴，他和它有了一种比血缘还亲、还深的刻骨铭心的联系。

命运弄人。1948 年 12 月 27 日，齐如山在呼啸而起的飞机上匆匆看了最后一眼他的北平城，从此只在梦中相见。

偏居台湾，被他说成是"篱下之寄"，无处不在的不适，难以言表，又无可奈何。这位年逾古稀的老人又一次拿起笔，在纸上温习北平城。这一次，纸上常有斑斑泪迹。

他为老北京储存的记忆而今成了他风烛残年的支撑。他写尽了北平种种的好，种种的称心如意，也不管是不是言过其实，会不会得罪人，只图一个痛快，自己个儿说舒坦了要紧。

他说：北平是全中国最好的一个城，中西合璧，贫富咸宜，各安所安，各乐所乐。其他的城就不成，台湾差了很多，南京也不行，城墙不像北平那么方正，更别提纽约伦敦，那是世上最坏的城，一年到头儿见不到几天太阳，空气也不流通。哪像北平，房矮街宽，太阳一出来就看见了，远处有西山，近处有树林，上哪儿找这么好的景致！风俗也淳厚，"第一是纯朴，虽然做了七八百年的都城，但浮华的风气总很少，不像上海，做码头不过百余年耳，其浮华叫嚣之风已令人不能暂且忍受。北平则绝无机巧奸诈，斗心眼、坑陷人之情事，就是商家，也是规规矩矩的做生意，绝没有投机倒把、买空卖空等等情形。

真可以说是融融，和和，承平世界。"

可纵有千般万般好，他齐如山在哪儿呢？这时他笔下的北平，是在离愁的苦酒里泡了又泡的北平，他把北平想得越美好，他心里越苦。逢年过节，他总会不由自主地将今昔两种境遇对比，一腔愁绪更是没着没落。元宵灯节，"一面写，一面难过……想起北平来，不禁就想哭出来了"。看纸花展览，"我看过之后，则伤感得不得了，尤其正是春节的前几天，更使我难过"。过去"对于旧历年，确很漠视，可是到了台湾，每逢春节，则不禁有许多感念"，"彼此互相想想，也希望冥冥中有个心心相印"。夏日想起京华往事：天坛的林荫，先农坛的茶座，什刹海的莲子粥，二闸的鸭翅席，在广渠门内夕照寺里赋诗，在朝阳门外芳草湖畔听戏……"在这炎热的时间，偶尔忆及，不禁神驰。这些地方，到目下不知还能都存在否？但是就使他们都好好的存在，我在台湾，也没有法子再享受去"。老人曾在年根儿写过一篇文章，那题目让人不忍读："一年将尽夜，万里未归人"。对他来说，北京不是异乡，不是故乡，是今生今世、来生来世、永生永世灵魂的归宿地。

或许是上天垂怜，好歹要给他一个交代吧。1962 年 3 月 18 日，齐如山观看台湾大鹏京剧团的演出，手杖滑落，他弯腰去拾，人倒下了，再也没有起来。

齐二爷最终还是在戏园子里画上了句号。这是他与众不同的人生开始的地方。

当时只道是寻常

咚咚咚咚，五更鼓响起，紧十八，慢十八，不紧不慢又十八。如此这般反复一遍，敲了一百零八下，天睁开一只惺忪的睡眼。

偌大的城市还贪恋着梦乡，廊房四条那个比地面还低了三层台阶的"卧龙坑"里，同仁堂后院响起了铜臼捣药的声音，当啷当啷当啷。同一条胡同里，挂着云头托靴招幌的内联升鞋店也传出了木槌砸击千层底的响声，梆梆梆。

百顺胡同，一座小院儿里，咿——咿，一个孩子在吊嗓子，稚嫩清脆的声音在狭窄的胡同里悠悠荡荡。天光大亮，孩子收拾书本，去私塾念书。他是四喜班班主的孙子，乳名群子。

窄得像根肠子似的钱市胡同里，得到当日银钱交易行情的商贾从怀里掏出信鸽，拴好了条子，扑啦啦，鸽子扑棱着翅膀冲向早晨头脸白净的天空回去报信。

雪池胡同，轰隆隆一阵不小的动静，滚来一队排子车，车上码着一尺五寸见方的大冰块，那是脚蹬靰鞡鞋手戴大皮套的汉子们用钩连枪在北海采的冰，送到这条胡同里的皇家冰窖存放好，待三伏天运进宫里给皇上娘娘消暑。

这是晚清京城胡同里平平常常的风景，日日重复的市声。

自从这座城池出现了胡同，人便与它结缘。几百年，缘分越来越深，胡同给了人安居之所，人给了胡同血肉灵性，两相依存。人常说胡同因井而来。"市，交易之处。井，共汲之所。"瓜果梨桃锅碗瓢盆穿针，一瓢饮、一担水引线，便组成了一个聚落。三千多年前，北京人的先民在现在的城南一带掘出了二百多口陶井，后人发现它们时，还在井底找到了水罐。是哪个粗心的少女汲水时失了手？当时的井边有没有人击壤（一种木质玩具）而歌："日出而作，日入而息。凿井而饮，耕田而食。帝力于我何有哉！"这么多井，这么稠密的人口，当年也有纵横交错的胡同吗？

小时候，住在胡同里，见过这样的情景，城根儿一带，许多人家院子里没有自来水，几条胡同的交会点有一个自来水龙头，听老人说那里曾经有一口甜水井，民国时叫水窝子，卖水人都是壮汉，天天摇着辘轳把柳罐顺到井里，打上水来倒进大长木桶，推着小车走街串巷。自从水井变成了自来水龙头，附近几条胡同的人们就都到这里来取水。通常这是半大小子的活儿，他们负责自家的水缸。黄昏，放了学，一手抓起一个烤馒头或是窝头，另一只手拎着桶，晃晃悠悠从四面八方凑到这里，先不干正事，互相交换吃食，什么三分钱一包的玉米花，四分钱一包的大米花，或者三分钱一包的酸枣面，二分钱一根的粉笔糖。然后，跑的跳的追的闹的，一通撒欢，直到谁家的娘一声怒吼，这才作鸟兽散，赶忙接满一桶水，左一下右一下地悠着走了。桶晃得很有节奏，水一滴也洒不出来。天气暖和的时节，女人们图方便，把大盆端到这里洗衣服，手在搓板上使劲，嘴也不闲着，东家长西家短，胡同里的故事比洗衣盆里的肥皂泡还多。

先人的陶井边，也是这样一番活泼泼的景象吗？

其实，七百多年前，北京胡同的原型——元大都的胡同不是因井而设，而是因梦而来。

1215年暮春，蒙古人的铁骑在满城飞花中踏破了金中都的城垣。连年战火，旧朝已残破不堪，皇宫颓圮，街巷褴褛，只有春风得意地卷着黄尘和木头烧焦的煳味四下里游荡。尘埃中，一个梦想在慢慢长大。

1267年正月，燕京的雪野上，一镐破土，万象更新。元世祖忽必烈下诏，在金中都的东北郊营建大都城。汉人刘秉忠、阿拉伯人也黑迭儿受命，将梦想绘成蓝图，写成条文。此时，这座古城已经经历了在草原游牧的契丹人、在白山黑水间渔猎的女真人和马背上的蒙古人三朝非汉族统治，然而即将屹立于大地之上的都邑却是脱胎于相传是周公所作的儒家十三经之一《周礼·考工记》。"匠人营国，方九里，旁三门。国中九经九纬，经涂九轨。左祖右社，面朝后市。"造梦者严格恪守一千多年前先人的祖训，一砖一瓦、一丝不苟地营建着理想中的城市。前面是环绕着太液池的皇城，后面是积水潭沿岸的集市，衙署按儒家星象之说布置，太庙在东，社稷坛在西。东西

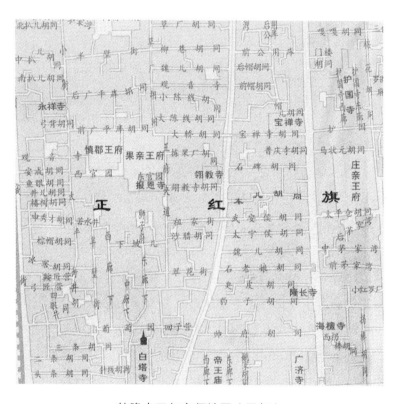

乾隆十五年京师地图（局部）

九条、南北九条通衢大道连接着五十个坊，所有坊名都是翰林院的词臣拟定的：居仁坊，睦亲坊，邻德坊，进贤坊……似在追慕远去的圣人。不论谁坐江山，那古老的哲理已经长进了这片土地。圣人若有知，怕是也会露出意味深长的微笑吧。

今天的京城，街巷格局是七百年前奠定的，西四与东四一带的胡同就是那时的典范。当年设计师苦心经营的图纸上，大都间里呈棋盘状，在南北向干道两侧，等距离分布着东西向的胡同，相邻两城门间并行排列二十二条胡同，这是大都的统一规制。北京不是一个随性的自然形成的聚落，而是因礼因制因序，凝结了多少代人的哲思与寄托的伟大城市。

在人类文明史上，公元前八百年至前二百年间，有一次至关重要的飞跃。在爱琴海、地中海边，在黄河、恒河流域，日出而作日落而息的人们发生了终极关怀的觉醒，因而出现了文明的轴心时代。轴心时代的思考与创造像一把不熄的火炬，一次次将人类的智慧点亮，后世的复兴与辉煌则是轴心期潜力的苏醒。就像古罗马诗人贺拉斯对罗马灭掉希腊又承继了希腊文明的精辟点评，"希腊被擒为俘虏，被俘的希腊又俘虏了野蛮的胜利者。"

所以，往回跨越千年，也许是一个星斗满天的夜晚，也许是一个和风煦煦的早晨，那时的哲人静默，思索，一笔一画勾描出一张图，这就是大都城的前缘，大都城的灵魂。

七百多年后，我在玻璃与钢铁建筑包围的金融街广场上忽然看到一个路牌：金城坊，不禁一呆。这是大都城刚刚出生时有过的一个名字，确实就在这个方位。它怎么保留下来了呢？

可是冠之以这个名字的坊在哪里？坊中棋盘状的胡同在哪里？胡同里的人在哪里？

在大都排列得非常整齐的胡同里，景色是寒暑分明。官家规定，每户占地八亩，实际上富人的住宅有数重院落，穷人的房子大多是前明后暗狭长的一条。我的同学住在朝阳门城根儿，她的家就是这样的房子。当时还奇怪什么人把房子盖成这般刁钻模样。元时，胡同里日日回响着织布机的声音。"唧唧复唧唧，木兰当户织"。无论为工为农，为官为民，从少女到老妪，都要织布。无数个木兰织出了大都城极为发达的纺织业，大红织金缠身云龙，雅青暗花素绫丝，真紫梅花罗……这些是元代帝后袍服的衣料，绫罗绸缎早已灰飞烟灭，美丽的名字留了下来，让人想象着这些云锦的五光十色，想象着胡同里的女人用机杼编织的韶华。

大都的工匠极多，织布的，酿酒的，制墨的，铸造的，无所不有。政府所辖匠局小的有几十人，大的有数万人。元之前，金人攻陷汴梁，拆卸宫殿的木石准备大规模扩建辽代南京城（即北京），建立金中都，就强迫汴梁的匠户北上。之后蒙古人一路弯弓射雕，攻城略地，凡遇抵抗必屠城，多少无辜的生灵铺垫了他们扩张疆土的大道，当一座座城池在马下战栗的时候，唯独工匠能够幸存。

这种现象在中外历史上都曾反复出现，罗马帝国征服北非、希腊后掳走大批工匠为己所用，北魏灭掉北凉统一黄河以北，迁都大同时，同样强掳了北凉的工匠。元代时中原、江

岁月痕迹

南、西域、金中都大批工匠被征服者掳获，强行集中大都，为官府劳作，被王公贵族役使。到了明朝，永乐年间迁都北京，又一出举国造一城的大戏轰轰烈烈拉开了帷幕。工匠们纷至沓来，慢慢地就在胡同里扎下了根。

明代的北京迅速聚集了庞大的消费人口，明末时光太监就有十万人，商铺像雨后的蘑菇，急不可待地破土而出，王府井有财大气粗的官商，正阳门外有腰缠万贯的商贾，更多的则是胡同里的引车卖浆者流。北平有大量以工匠命名的胡同：砂锅刘胡同、裱褙胡同、针匠胡同、姚铸锅胡同、骟马张胡同、沈篦子胡同……这些名字聚在一起就是一幅鲜活的市井图，你能看见闾里之间百工杂作，匠人们挑着竹木铜铁走进胡同，几天后，又挑着绳席锅碗走出胡同，沿街叫卖。你能听见叮叮当当的敲打声，能闻见阳光下赤裸的脊背散发出的汗味。

终日的辛苦结成了正果，伤痕累累、粗糙有力的手不但做出了各种物件，还打造出了名声：要买纱帽去金箔胡同，想喝口烧刀去何薄酒胡同，秋凉了去勾栏胡同扯上几尺布做新衣，嘴馋了去抄手胡同买包猪头肉。日影西斜，胡同里炊烟袅袅，一天的营生干完了，女人在锅灶前忙活，男人默默地抽烟，孩子和猫儿在枣树下玩耍嬉闹。

日升日落，这幅图画随着光阴流转到我家的小院儿。每到黄昏，邻居家的主妇就掐着点准时抄起扫帚，把枣树下的空地仔细扫干净，再打一盆清水，撩洒开，压住灰尘，这才从屋里端出小炕桌，摆上茶壶茶碗，壶里放上高末（茉莉花茶的碎茶叶末），又拿出一个红花搪瓷脸盆，对上一盆不冷不热的温水。一切妥当，把煤球炉子捅旺，在火苗中间插进一个细长的铁皮汆子。这时她家蹬三轮车的男人回来了，她拿起布掸子啪啪啪给他从上到下掸一遍灰，男人脱了上衣，抹上香胰子，哗啦哗啦地撩着水，鼻子里发出的声响像是马在喷响鼻。洗干净头脸，他踏踏实实地坐在板凳上，汆子里的水刚好烧开。女人握着木柄，哗的一声沏上茶，茉莉花香蹿鼻。女人回身进屋，不一会儿就传出切菜的声音。壶里的茶水上色儿了，男人不慌不忙倒了一碗，小口喝着，点燃一支战斗牌烟卷，深深吸一口，满足地、解乏地轻叹一声。每天如此，一成不变，认真地一样一样做下来，像仪式一般。从来没有一句话，温暖的夕阳把什么都说了。

桑木梆子响起来，胡同里的老太太捯着小脚、孩子们蹦蹦跳跳出了门，老太太拿着碗买酱豆腐、臭豆腐、麻豆腐，小孩子只是凑热闹。中年汉子把排子车停稳，车上放着一只只黑色的坛子，里面都是自家的手艺。汉子和气地招呼着，手上利索得很，酱汁一滴不洒。等我长到能独自买东西的年纪，梆子哑了，但胡同里还有剃头的拉着嗡嗡作响的唤头，磨刀的甩着哗啦哗啦的惊闺，锔盆的拖着长调走过。大人上班忙，买东西的不是老太太就是小孩，柴米油盐酱醋茶在胡同里的副食店粮店买，萝卜白菜葱姜蒜去胡同口的菜站买。逢到初冬卖大白菜，春节前卖花生瓜子，国庆节后卖白薯，那可是胡同的大事。往往是孩子最先知道信儿，像传递鸡毛信一样撒腿往回跑，边跑边喊，立刻，大宅小院蹿出高高矮矮的身影，呼啸而去，聚拢成行，手里都拎着小马扎，因为不知道要排多久才能买到，这可是个费时费力的活儿。虽然肚子里没油水，为这些嚼裹儿还要大费周折，但孩子不知愁，一扎堆就开心，闹闹嚷嚷像过节。那时候的胡同地气足。

菜站的老头儿一声吆喝，大家忙排好队，歪着脑袋数一数自己前面的人数，摇头叹气。这老头儿团圆脸，一身肉，嗓门尖细，听大人说他是太监。我问什么是太监，没人搭理我。等我知道了原委，觉得他一定到现在还疼，每次买完菜都忙不迭把钱交到他手上，表情近乎巴结，似乎这样做可以表示安慰。

胡同里还游走着一种可怜的人，多是回族老妪。我家隔壁住着一户回族人家，两个院子的人共走一个大门。临街的门额上挂着一块蓝色铁牌，上面写着白色的阿拉伯文，曲里拐弯的笔画像花草，据说是"出入平安"。这就表示这个院子里有回民居住。乞者循此进门，并不往里面走，只是站在门洞里，拖着长声，似念似唱，似诉似泣，声音极其凄惨，直到院儿里的回族老人拿着钱或吃食出来递到她手里。每逢此时，小孩子们都会僵了脸，站在原地一动不动，从来只闻其声，不见其人，因为我们不敢到门口去看，那种声音似乎凝结了天底下所有的黯淡。

我住过的胡同一条名"小绒线"，一条名"豆瓣"，听名字就是出身草根，沾不上皇家帝王气。明清时京城一些胡同的名字十分不雅：王寡妇胡同，瞎子胡同，粉子（即妓女）胡同，臭皮胡同，烂面胡同，屎壳郎胡同。一个个不肯花半点心思的名字道出了胡同里那些卑微、潦草、勉强的日子，透露了一箪食，一瓢饮，在陋巷的光景。胡同里写不出《桃花源记》，寻常日子便是好日子。

但毕竟是在天子脚下。京城的胡同遍阅沧桑，饱经变故，寻常的风景也会风云突变，胡同的命运也会大起大落。从多如牛毛的胡同里拎出一条看看：总布胡同。

这是一条 L 形的胡同，分东、西、北三段。这条胡同在元代就有，明代东边有风月场所，五陵少年走马章台，春色漾漾。至清代沉寂，寥寥数家如荒村，有民人在此掘土为坯，满目坑埑。之后变身，建起科举贡院，文光射斗，莘莘举子代替了莺莺燕燕。清末，贡院夷为平地，大宅门巍巍然一座挨一座，成为鼎钟簪缨之地。

到了庚子年夏天，清廷向列强宣战，命各国公使离京，飞扬跋扈的德国公使克林德前往抗议，在胡同西口遇神机营巡街，克林德被击毙。此事成为列强威胁中国的借口。不几日，击毙克林德的神机营军人恩海也被拉到胡同西口行刑，据联军统帅瓦德西回忆，胡同口有许多家店铺食肆，那边刽子手挥刀，这边食客若无其事地饮酒，铺子里的说书人把惊堂木拍得山响，无人理会血泊中一颗落地的人头。这让瓦德西十分惊讶。

事后，清廷按照外国公使团的要求，在胡同口建四柱三楼牌坊，光绪皇帝亲拟碑文："……今者克林德为国捐躯，令名美誉，虽已传播五洲，而在朕惋惜之怀，则更历久弥笃。惟望译读是碑者，睹物思人，惩前毖后，咸知远人来华，意存亲睦，

翠花街老宅大门洞里的廊心墙石刻

相与开诚布公，尽心款洽。"巧的是庚子之乱后，李鸿章与联军签订了《辛丑条约》，两个月后，萧瑟的北风中他撒手人寰。逃亡回京的帝后为他建祠，竟也在这条胡同里，至今留一段墙，旧红斑驳，似李鸿章签约后吐出的殷殷血迹。

胡同北口有一座漂亮的宅院，第一任主人是石油大王洛克菲勒，第二任主人换成了日本占领军，第三任主人是调停国共内战时期的国民党政府代表团。胡同里住过众多风云人物，其中有一位与这座城市荣辱与共，休戚相关。为了这座五朝古都，他奔走呼号，披肝沥胆，落泪，受辱，他就是梁思成。梁家在总布胡同住了七年。1937 年 9 月 5 日凌晨，梁思成挈妇将雏，悄悄离开这条古老的胡同，离开深爱的古城，踏上流亡之路。

北京城是一本书，金碧辉煌的帝王宫殿是书的封面，灰砖青瓦的条条胡同是写满了故事的书页。历史一天天积累，可是这本书却一天天变薄。

蠹虫无数，战火的炙烤，人类的践踏，风雨的浸淫，岁月的偷盗，几百年下来，厚厚一本书已是残破不全。

同仁堂里当啷当啷的捣药声还在，堂上的老匾躲过了八国联军的魔爪，却还是在破"四旧"的大火中化为灰烬。当初"咿——咿"吊嗓子的孩子后来成了风华绝代的梅兰芳，黄鹤归去，把虞姬留在了沙沙的唱片里。梁思成手里的笔在解放北平之前标出了应避免炮火的古建筑，几年后，又写开了检查，没有人视他为保护对象。记录着市井风情的胡同名字一度改成

丰富胡同老舍故居

了红到底胡同、学毛著胡同、战斗胡同，几百年传承下来的地理信息大乱。

尽管如此，古城风貌还有迹可循，骨头架子还是原来的。站在景山顶上放眼四望，中轴分明，街衢俨然，绿树成荫，鸽哨悠长，蓝天下大片灰色的胡同四合院衬托着金灿灿的紫禁城，梁思成称其为"奇异的孤例"。这是一张多少代人精心修饰过的面孔，这是一张在成千上万的容颜中独具神采的面孔，这是一张令她的子孙不论走多远、走多久，都不会忘怀的面孔。

上世纪 90 年代开始，这张美丽的面孔彻底变形，撕破，损毁了。

在很多人眼里，高高在上的金銮殿沾了一个"皇"字，便有了千秋万代的理由，而胡同院落是路边野草，可以任人割，任人拔。由于独特的历史发展轨迹，尤其是一百多年来惨痛的遭遇，中国与发达国家对于物化的历史——古建筑的认识始终不在同一个时空：

1933 年，中国身处泥泞，日军魔爪伸向华北，攻占山海关，二十九军在长城喜峰口挥舞着大刀与敌寇血战，中华民族到了最危险的时刻；在希腊，国际建筑学会制定了《雅典宪章》，提出了保护有价值的历史建筑及地区的理念。

1964 年，中国总算从饥饿的深渊中跋涉出来，实现了石油自给。同年，一朵蘑菇云升上天空，手里有了震慑对手的原子弹；在意大利，国际文物工作者理事会通过了《威尼斯宪章》，第一条就指出，历史文物概念"不仅包括个体建筑本身，也包括能够见证某种文明、某种有意义的发展或某种历史事件的城乡环境"。

1976 年，中国刚刚结束"十年动乱"，经济凋敝，国力屡弱；在肯尼亚，《内罗毕宪章》出炉，提出了保护"历史街区"的重要意义。

1987 年，《华盛顿宪章》指出，历史街区不仅可视为历史的见证，而且体现了城镇的传统文化价值；而这时，中国膨胀的人口早已撑破了所有的房子，所有的"历史街区"。我童年的伙伴住在一座古老精致的四合院里，但一家人的栖身之地不是正房，不是厢房或倒座房，甚至不是耳房，而是门洞里的门房，一间不到十平方米的小屋，住着五六口人，一进门不足三尺就是一副两头抵着墙的大铺板，男女老少都睡在上面。两只箱子吊在屋顶之下、铺板之上，一张小炕桌放在褥子上，吃饭、写作业都用它。做饭的炉子放在门洞里，旁边堆着一摞摞蜂窝煤和舍不得扔掉的破木板烂草席。就是这样一个家。堂堂北京，这样的人家比比皆是，每条胡同、每个院落里都藏着无尽的心酸。

多年来窘迫的民生走到了尽头，多年来压抑的欲望喷薄而出，当人们对居住环境的要求倒退回可以容身、可以生存的层面，几百年、几代人打造的寓意深远、美轮美奂的老屋、胡同就在劫难逃了。

千百条胡同在漫天尘埃中消失，千百座高楼迅雷不及掩耳地站起来，曾经那么熟悉的古城面目全非，城市的文化生态大变。深究此事底细，循着深深浅浅、歪歪扭扭的脚印一步步往回走，往回看，就会发现，这座城市今天的命运在一百多年前就注定了，这是我们命里的定数，是这座城的定数，实在是躲不过去的。

胡同里的人终于搬走了，住进了宽敞明亮的楼房，摆脱了几十年的困窘。还记得我家搬离胡同时，心里有一种一步登天的狂喜：终于可以有自己的房间，可以不再上公共厕所，不用害怕夏天土鳖（一种昆虫）顺着门缝爬进来，不用担心冬天在屋里生炉子煤灰落在床上……但是，有一样东西留在了胡同里，搬不走，挪不动，忘不掉，也说不明白。有的人当时就觉察到了，有的人要等到多年后才琢磨出"此情可待成追忆，只是当时已惘然"的滋味。有一个情景曾经反复出现在我的梦里：我找不到回家的路了！天色幽暗，四周无人，我心急火燎地一头扎进胡同，在曲里拐弯的胡同里左右寻觅，登上台阶仔细端详门牌号，摸摸索索地走着，最后终于看到了我家的黑漆院门，心一松，醒了。而这时，我早已住进楼房好多年了。

什刹海北岸有一条鸦儿胡同，元代叫沿儿胡同。郭守敬把大运河的端点引到这里，水上舟船如鲫，岸上人车如蚁，往来多了，便长出了几条顺水的斜向胡同，鸦儿胡同就是其中之一。有一位古稀老人，在这里住了七十多年，后来在邻居艳羡的目光中搬走了。接下来的日子里，每天回一趟鸦儿胡同成了他生活中的头等大事。摸一摸老门墩、老门鼻，即使是三九天，手心也是热乎的；抬头看看绿莹莹的老槐树，脸上的皱纹展平了些许，在这条静卧了几百年的胡同里来回走上几趟，脚贴着地，心也有了着落，步子越来越稳，枯涩的老眼慢慢温润起来，灵动起来。胡同把他带回了心里的家。

1936 年，老舍在异乡写下了一篇《想北平》，似乎说的就是这位老人的心声，是深爱着这座古城的人们的心声。

> "我真爱北平。这个爱几乎是想说而说不出的。我爱我的母亲，怎样爱？我说不出。在我想做一件讨她老人家喜欢的事情的时候，我独自微微地笑着；在我想到她的健康而不放心的时候，我欲落泪。语言是不够表现我的心情的，只有独自微笑或落泪才足以把内心表达出来。我爱北平也近乎这个……从雨后什刹海的蜻蜓一直到我梦里的玉泉山的塔影，都积凑到一块，每一细小的事件中有个我，我的每一思念中有个北平，只是说不出而已……好，不再说了吧，要落泪了。真想念北平呀！"

后　记

当我有了"故乡"意识后，才发觉我和我出生成长于斯的这座城市是疏离的，我对它没有感觉。在外奔波时也会想家，但想的是那种熟稔安稳的生活，好像和这座城没什么瓜葛。直到有了些阅历，有了"回首向来萧瑟处"的心境，眼睛才知道该往哪里看，目光沉潜下来。一天，在一排排书架上，我与这座城偶然又必然地邂逅。

之后的四年多，我埋头翻看着它的前世，它鸦雀无声、又活色生香地迎着我，原来在这里发生过那么多惊人的美丽和骇人的丑陋。待我合上书本，再次游走于习以为常熟视无睹的大街小巷时，我看到了无数座高耸的大厦和无数条宽阔的马路背后还有另一座城，它隐藏在阴影里，沉没在时间深处，实在是不容易看到。对于一个人来说，没有看到也不影响过日子，对于一座城来说，没有它垫底，那些大太阳下的堂皇是不是有些刺眼，有些苍白？我不敢说看懂了它，能走近它，我已经很高兴。我像一个农民得到了土地。或者说，起码抓到了一把肥得流油的泥土。

感谢这座城，我庆幸我与它有"血缘"之亲，或许正因如此，我才有回望的念头。

感谢我的长辈，从我年幼时起就牵着我一步步探寻这片土地，以后又用他们的记忆与情感滋养了我。

感谢我的朋友们，鼓励我把我心中所想变成了文字和图片。

感恩。

2017 年 8 月 21 日

图书在版编目（CIP）数据

回望一座古城 / 彭迎 著.－－北京：作家出版社，2017.11

ISBN 978-7-5063-9795-7

Ⅰ.①回… Ⅱ.①彭… Ⅲ.①散文集－中国－当代

Ⅳ.①I267

中国版本图书馆CIP数据核字（2017）第300896号

回望一座古城

作　　者：	彭　迎
责任编辑：	王　烨
装帧设计：	金　山
出版发行：	作家出版社
社　　址：	北京农展馆南里10号　　邮　　编：100125
电话传真：	86-10-65930756（出版发行部）
	86-10-65004079（总编室）
	86-10-65015116（邮购部）

E-mail:zuojia@zuojia.net.cn

http://www.haozuojia.com（作家在线）

印　　刷：	中煤（北京）印务有限公司
成品尺寸：	142×210
字　　数：	130千
印　　张：	6.625
版　　次：	2018年2月第1版
印　　次：	2018年2月第1次印刷
ISBN	978-7-5063-9795-7
定　　价：	36.00元